Deseo

L HOMBRE MÁS IRRESISTIBLE

Bronwyn Jameson

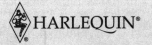

HARLEQUIN®

Editado por HARLEQUIN IBÉRICA, S.A.
Hermosilla, 21
28001 Madrid

I.S.B.N.: 84-671-0960-2
Depósito legal: B-24384-2003
Editor responsable: M. T. Villar
Diseño cubierta: María J. Velasco Juez
Composición: M.T., S.L.
Avda. Filipinas, 48. 28003 Madrid
Fotomecánica: PREIMPRESIÓN 2000
c/. Matilde Hernández, 34. 28019 Madrid
Impresión y encuadernación: LITOGRAFÍA ROSÉS, S.A.
c/. Energía, 11. 08850 Gavá (Barcelona)
Fecha impresion para Argentina:15.10.04
Distribuidor exclusivo para España: LOGISTA
Distribuidores para Argentina: interior, BERTRAN, S.A.C. Vélez
Sársfield, 1950. Cap. Fed./ Buenos Aires y Gran Buenos Aires,
VACCARO SÁNCHEZ y Cía, S.A.
Distribuidor para Chile: DISTRIBUIDORA ALFA, S.A.

Capítulo Uno

Cameron Quade no se quedó sorprendido al ver el coupé aparcado delante de su casa. Irritado sí, resignado también, pero no sorprendido.

Incluso antes de identificar la matrícula supo que pertenecía a su tío o a su tía. Seguramente los dos tenían el mismo modelo.

¿Quién más sabía de su llegada? ¿Quién más tendría interés en darle la bienvenida? Esperaba que Godfrey o Gillian apareciesen tarde o temprano por allí, pero hubiera preferido que fuese más tarde. Varios años después habría sido perfecto.

Cuando la puerta se cerró tras él, Quade dejó la pesada maleta en el suelo. Cansado del viaje, miró el vestíbulo de la casa en la que había vivido su infancia.

Llevaba un año vacía, pero el brillo del suelo y los picaportes era casi cegador. ¿Su tía Gillian con un plumero en la mano? Si tuviera fuerzas, soltaría una carcajada.

Fue de habitación en habitación, cada vez más intrigado. La música de rock que salía del estéreo no pegaba nada con su tía, aunque sí la clásica chaqueta gris que colgaba del perchero a la entrada.

En cuanto a las flores... sí, pensó, pasando un dedo por los delicados pétalos de una orquídea; eso sí era cosa de su tía, seguro.

Pero la mujer que estaba en el dormitorio de Quade, la mujer con una ajustada falda gris que apartaba el edredón, no era la hermana de su padre.

De ninguna manera.

—¡Venga, Julia, contesta de una vez!

La voz suave, impaciente, hizo que apartase los ojos de la falda y mirase el teléfono móvil que tenía pegado a la oreja. Con la otra mano intentaba poner orden en la melena de rizos oscuros. Temporalmente, predijo, observando que un rizo rebelde volvía a su posición de inmediato.

—Julia. ¿En qué estabas pensando? ¿No te dije que compraras sábanas masculinas? Nada de encajes, algo práctico —dijo ella entonces, levantando el edredón—. ¡Y se te ocurre poner sábanas de raso negro! —exclamó, quitándolas de un tirón—. Por favor, Julia, solo te ha faltado poner una caja de preservativos bajo la almohada.

Quade levantó una ceja. ¿Sábanas de raso negro y preservativos? Un regalo de bienvenida más que inesperado. Sobre todo, por parte de sus tíos.

Además, él no esperaba regalos de nadie y menos de aquella tal Julia a quien la extraña estaba regañando por teléfono.

—Llámame cuando llegues a casa, ¿de acuerdo?

Corrección. Aquella tal Julia a cuyo contestador automático estaba regañando la extraña.

Divertido y un poco sorprendido, Quade vio que la chica tiraba el teléfono móvil sobre la mesilla.

La mesilla de cuando él era pequeño.

Las paredes también conservaban el color azul de su infancia. Él había querido que las pintasen de color rojo fuego, pero su madre se negó. Afortunadamente.

Su sonrisa nostálgica desapareció cuando la mujer se inclinó sobre la cama.

Santo cielo.

Quade intentó no mirar, pero era humano. Y hombre. Y sin fuerza de voluntad. Un viaje de cinco mil kilómetros lo había dejado sin ella.

Hipnotizado, observó cómo la falda se levantaba, dejando al descubierto parte de los muslos y marcando un estupendo trasero.

Era lo primero que llamaba realmente su atención después de aquel viaje tan largo.

Levantándose la falda, la chica colocó una rodilla sobre el colchón para cambiar las sábanas. No era la cama en la que dormía de niño, sino la cama grande de la habitación de invitados, la antigua de muelles oxidados.

Y mientras cambiaba las sábanas, los muelles crujían con un sonido que evocaba otro movimiento muy diferente... un sonido que convirtió la diversión de observarla en una tortura.

Y la tortura era tan inapropiada como observar a aquella chica sin anunciar su presencia.

–¿Por qué está cambiando las sábanas?

Ella se dio la vuelta con un movimiento tan brusco que envió uno de sus zapatos volando por el aire. Al verlo se llevó una mano al corazón, atónita.

Tenía los ojos casi tan oscuros como el pelo. Ambos contrastaban con su complexión pálida, aunque la cara redondeada armonizaba con su cuerpo a la perfección.

–No sé quién es Julia ni por qué elige mis sábanas –continuó Quade, rozando las sábanas de satén con el pie–. Pero a mí me parece que tiene buen gusto.

–No te esperábamos hasta dentro de dos horas. ¿Por qué has llegado antes?

Había algo en su expresión que le resultaba familiar. Y lo tuteaba.

–A veces los aviones llegan a su hora. Y en la autopista de Sidney no había atascos.

Ella miró por encima de su hombro.

–¿Has venido solo?

–¿Debería haber venido con alguien?

–Pensábamos que vendrías con tu novia.

De ahí que estuviera haciendo esa cama, pensó Quade. Y sería buena idea si siguiera teniendo una novia con la que compartir cama. En cuanto al resto...

–¿Pensábamos?

–Mi hermana Julia y yo. Me está ayudando a preparar la casa.

De nuevo, Quade tuvo la impresión de que la conocía de algo.

–Y ahora que sabemos quién es Julia, me gustaría saber quién eres tú.

–¿No me reconoces?

–¿Debería?

–Soy Chantal Goodwin –contestó ella, levantando la barbilla, como retándolo a llevarle la contraria.

Quade estuvo a punto de soltar una carcajada de incredulidad. Cuando estaba en la universidad, Chantal Goodwin era secretaria en el bufete de Barker Cowan. Él mismo le había buscado el trabajo, pero no recordaba que tuviese un trasero tan llamativo. Recordaba más bien que era como un grano en el trasero.

–¿Chantal?

–Supongo que he cambiado un poco.

¿Un poco? Parecía otra mujer.

–Entonces llevabas un aparato en los dientes.

–Sí, es verdad.

–Y eras más delgada.

–¿Me estás llamando gorda?

–No, estoy diciendo que has mejorado mucho con la edad.

Chantal parpadeó, como si estuviera intentando decidir si aquello era un cumplido. Tenía las pestañas muy largas, los ojos bonitos... y Quade se dio cuenta de que le gustaba mucho.

–Bueno, Chantal Goodwin, ¿qué haces en mi dormitorio?

–Trabajo en el bufete de tu tío.

–Eso no explica por qué estás en mi dormitorio.

Ella sonrió entonces. Una sonrisa preciosa.

–Es que vivo muy cerca y...

–¿En la casa Heaslip?

–Sí.

–Y estás haciendo mi cama como una buena vecina. ¿Un regalo de bienvenida? –preguntó Quade, inclinándose para tomar el zapato perdido.

–Gracias.

–De nada.

Tenía los ojos oscuros, de color café. Su piel era muy clara, de aspecto suave como el terciopelo.

–Como estaba diciendo, Godfrey y Gillian querían que la casa estuviera habitable antes de que llegases. Y como yo vivo tan cerca me ofrecí voluntaria...

Ah. Su tío, el jefe de Chantal, le había pedido que se ofreciera voluntaria. ¡A la Chantal Goodwin que él conocía le habría encantado el encargo!

–¿Tú has limpiado la casa?

–No, en realidad contraté a un servicio de limpieza. Pero las sábanas están guardadas y no quería abrir los cajones, así que le pedí a Julia que comprase un juego.

–¿Julia también trabaja para Godfrey?

–No, por Dios. Es que yo no tenía mucho tiempo y le pedí ayuda.

–¿Para comprar sábanas...?

–Eso es. De todas formas, estas –dijo Chantal

entonces, señalando la cama– son mías. Y como tuve que ir a casa a buscarlas, llego tarde.

–¿Llegas tarde?

–Tengo que volver al trabajo –contestó ella, volviéndose para terminar de hacer la cama–. Julia ha llenado la nevera. Y ha dado de alta el teléfono y la luz, por supuesto.

Chantal siguió haciendo la cama y él la observó de brazos cruzados. Le irritaba aquella actitud tan profesional.

–Déjalo.

–¿Puedes hacer la cama tú solito?

–¿Crees que no puedo?

–La verdad es que no –sonrió ella–. De hecho, no conozco a un solo hombre que sepa hacerse la cama.

La diversión terminó en cuanto sus ojos se encontraron. En cuanto apareció de repente la imagen de unas sábanas arrugadas, de dos cuerpos sudorosos...

–Yo... –Chantal apartó la mirada–. Tengo que irme. Es muy tarde.

Quade le ofreció el móvil y, cuando se lo daba, notó que le temblaba la mano. Ella dio un paso atrás. Con desgana, lo sabía. A Chantal Goodwin no le gustaba echarse atrás.

–Una cosa antes de que te vayas. Has hecho un trabajo excelente, considerando que no eres una criada.

–Gracias... supongo.

–¿Qué ganas tú con esto?

–Como te he dicho, vivo aquí al lado...

–Y todo esto... –dijo Quade entonces, señalando alrededor– debe haberte hecho ganar muchos puntos.

Chantal levantó una expresiva ceja.

–¿Tú crees?

–Estoy seguro.

–Entonces será mejor que vaya a ver qué puedo negociar.

Quade se quedó inmóvil, escuchando el taconeo de sus zapatos por el pasillo. Volvía al bufete para recoger sus puntos.

Para medrar en su carrera, sin duda. Debería haberlo imaginado inmediatamente.

Curioso que no la hubiera reconocido, pensó. Aunque la verdad era que no solo había cambiado. Se había metamorfoseado. Pero lo más gracioso fue su propia respuesta. Prácticamente estaba olisqueando el aire a su alrededor, como un perro en celo.

Debía ser la falta de sueño, se dijo. Eso y la emoción de volver a casa. Todo eso combinado con el inesperado encuentro en su dormitorio... era lógico haberse dejado llevar durante un minuto.

Pero la próxima vez que se encontrasen estaría preparado.

Chantal no quitó el pie del acelerador hasta que un coche patrulla le dio las luces de advertencia en la autopista. Pero aún después, su corazón seguía latiendo como un tambor.

Y no era por miedo a una posible multa, sino por su encuentro con Cameron Quade.

¿Cuándo se supone que muere un amor adolescente? En su caso nunca, por lo visto. En aquel momento estaba tan nerviosa como el día que lo conoció.

Se había sentido fascinada por él durante años, desde que sus padres le contaban las gloriosas hazañas de Quade en el internado al que lo enviaron cuando su madre murió. Después, en la Universidad de Derecho y, por fin, cuando consiguió un puesto en un bufete de fama internacional.

Había conseguido todo lo que ella quería y todo lo que sus padres hubieran deseado. Oyó hablar mucho de Cameron Quade antes de conocerlo y lo había adorado desde lejos. Y de cerca merecía aún más esa adoración.

Aún se ponía colorada al recordar el momento en que lo vio en la puerta del dormitorio. Una estructura ósea perfecta, boca de labios sensuales, profundos ojos verdes y cabello oscuro un poco despeinado.

Tal alto, tan atlético, tan fuerte. Tan irresistiblemente masculino. Tan exactamente como un hombre debería ser.

Chantal dejó escapar un suspiro al recordar cómo la había mirado. Como si estuvieran en aquel dormitorio con otro propósito...

En la época del bufete de Barker Cowan solo la miraba con fastidio o, en alguna ocasión que todavía la hacía sentir angustia, con frío desdén.

¿Y no tenía una prometida en Dallas, o en Denver, o donde hubiera vivido durante los últimos seis años? Kristin era su nombre, si no recordaba mal. La había llevado a casa para el funeral de su padre y era exactamente la clase de mujer que Cameron Quade elegiría como esposa: alta, guapísima, segura de sí misma... la antítesis de ella misma, que era bajita, insegura y ni guapa ni fea.

Debía haber interpretado mal esa mirada, se dijo. Quizá estaba más cansado de lo que parecía. Después de todo, ni siquiera la reconoció. Y ella se quedó... atónita al verlo. Además, había oído su conversación con Julia:

«Por favor, Julia, solo falta una caja de preservativos debajo de la almohada».

Y ella se había quedado mirándolo como una tonta... como una tonta sin un zapato.

Chantal veía el zapato negro dando vueltas en el aire a cámara lenta...

Menuda primera impresión para «doña perfecta y eficiente abogada».

Especialmente cuando dar una buena impresión era lo más importante para ella. Godfrey le había pedido que llenase la nevera y contratase un servicio de limpieza, pero Chantal había querido que Merindee estuviera perfecta para recibirlo.

Para impresionar al sobrino de su jefe, para impresionar a su jefe.

Había querido salir de la casa antes de que llegase Cameron Quade, pero no contó con la debacle de las sábanas... culpa de Julia, por supuesto.

Suspirando, sacó el móvil del bolso y volvió a marcar el número de su hermana.

–¿Dígame? –contestó Julia, sin aliento.

–¿Dónde estabas? Espero que no andes corriendo...

–Tranquila, hermanita. Ya sabes que yo no corro por nadie.

Al fondo, oyó una voz masculina. Una voz masculina que protestaba por la interrupción.

–¿Zane no debería estar trabajando?

–Estamos haciendo planes para nuestra luna de miel.

Chantal levantó los ojos al cielo.

–Por favor... estás embarazada de siete meses. ¿No deberías estar decorando la habitación del niño?

Julia soltó una carcajada.

–Terminé de decorarla hace semanas. Por cierto, ¿dónde estás?

–Voy de camino a la oficina. Y gracias a ti llego tarde.

–¿Gracias a mí?

–¿No has oído el mensaje que te dejé antes?

–Lo siento, es que estábamos ocupados –rio Julia–. Bueno, fuera cual fuera el problema, seguro que lo has resuelto.

–El problema son esas sábanas negras que compraste.

–No son negras, son azul noche. Parecen negras, pero a la luz del día tienen un brillo... son muy sensuales, ¿verdad?

Chantal nunca hubiera descrito unas sábanas como «sensuales», al menos no conscientemente. Y antes de Zane, tampoco Julia pensaba esas cosas.

Chantal seguía intentando acostumbrarse a esa nueva versión de su antaño modosita hermana.

—Sobre la fiesta de esta noche... ¿puedes ir a buscar las bandejas de canapés?

—Es que esta noche...

—¡De eso nada! Eres mi única hermana y tienes que venir a mi despedida de soltera —la interrumpió Julia.

—Solo iba a decir que llegaré un poco tarde.

—Ah, entonces le diré a Tina que traiga los canapés. Pero no llegues demasiado tarde y no olvides que tienes que venir disfrazada.

¿Cómo iba a olvidarlo? La otra dama de honor, Kree, la hermana de Zane, se había hecho cargo de todo porque, en su opinión, la fiesta que ella había organizado era aburrida. Cuestión de opiniones, pensaba Chantal. Algunas personas preferían sus elegantes cenas.

—No se me olvidará.

—¿Seguro? —insistió Julia.

—Seguro. Pero me gustabas mucho más cuando era yo quien te mangoneaba. Estás muy mandona últimamente.

Su hermana soltó una carcajada.

—¿De qué vas a venir disfrazada?

–De abogada.

–Pero...

–Antes de colgar, tengo que darte las gracias –la interrumpió Chantal.

–¿Por qué?

–Por llenar la nevera.

–No me des las gracias, dale una tarjeta mía y punto –contestó Julia. Chantal se preguntó si podría meter la tarjeta por debajo de la puerta–. Y podrías recomendarme. Si ese tal Cameron Quade ve tu jardín, comprobará que soy una paisajista estupenda.

–A lo mejor no quiere que hagas nada. Puede que solo esté aquí unos días.

–¿No le has preguntado a Godfrey?

–Le pregunté, pero creo que no sabe mucho sobre los planes de su sobrino.

–Eso se arregla fácilmente. Pregúntale tú misma.

Chantal se movió, incómoda, en el asiento. Por alguna razón, no le apetecía hablar con Julia sobre su encuentro con Quade.

–Mejor no.

–¿Por qué? Creí que preguntar era lo que un abogado hace para ganarse la vida.

–Ves demasiada televisión –replicó ella, irónica.

En realidad, se pasaba más tiempo leyendo informes y documentándose que en los tribunales. Pero algún día las cosas cambiarían, se dijo. Y seguramente los puntos que había ganado aquella semana acelerarían el proceso.

–Entonces, ¿lo verás este fin de semana? –insistió Julia.

–¿No crees que el diseño del jardín podría esperar hasta después de tu boda?

–¡De eso nada! Necesito hacer algo, además de pasarme el día preocupada por si llueve el día de mi boda.

–Tenías que casarte al aire libre, claro –suspiró Chantal.

–Pues sí. He elegido casarme al aire libre. Y decidí esperar hasta la primavera para que los invitados disfrutaran de un bonito paisaje.

–¿Además de tu enorme tripa?

–Eres muy graciosa, guapa.

Tras despedirse de su hermana, Chantal frenó en el primero de los tres semáforos que había en la calle principal de Cliffton. Con su mala suerte, seguro que pillaba los tres en rojo, pensó.

Cuando iba a poner el estéreo, recordó que se había dejado un CD en casa de Quade. Como si le hiciera falta otra razón para volver allí.

«Pregúntale tú misma».

Si Julia supiera...

No le había preguntado nada de lo que debería preguntar. Y no estaba pensando en el diseño del jardín.

No le había hecho ninguna de las preguntas que daban vueltas en su cabeza desde que supo de su vuelta a casa.

Preguntas como: «¿por qué un famoso abogado como tú decide volver a un pueblo perdido en Australia?»

O como: «¿Godfrey te ha ofrecido un puesto en el bufete?»

Preguntas cuya respuesta podría influir en sus propias aspiraciones profesionales.

Levantando la barbilla, Chantal se recordó a sí misma que ya no era una adolescente. Era una mujer de veinticinco años que procuraba olvidar su miedo de no estar a la altura concentrándose en lo único que sabía hacer: trabajar.

De modo que tenía que hacerlo.

Al día siguiente volvería a Merindee y haría todas esas preguntas.

Capítulo Dos

Dos minutos más tarde, Chantal dejaba el coche en el aparcamiento del bufete Mitchell Ainsfield Butt.

Afortunadamente, encontró un sitio libre. Quizá su suerte empezaba a mejorar, pensó. Aunque no pensaba apostar por ello.

Con las llaves y el bolso en una mano, tomó el maletín y los archivos con la otra y cerró la puerta con la cadera... de algo tenía que valer tener buenas caderas, pensó mientras pasaba entre los coches.

La puerta de la oficina se abrió cuando estaba subiendo el primer escalón.

Y sí, su suerte parecía haber cambiado porque el hombre que abrió la puerta, el hombre que la ayudó con los archivos, era el propio Godfrey Butt.

—Cuántos papeles.

—Los archivos del caso Warner. He hablado con Emily y...

—Estupendo, estupendo —la interrumpió él, dejando la carpeta sobre la mesa de su despacho—. ¿Y el otro trabajito? Merindee está preparada para la llegada de Cameron, supongo.

–Sí, por supuesto –sonrió Chantal–. Incluso he comprado flores.

–¿Flores, eh? Qué detalle. Seguro que Cameron agradecerá tanto esfuerzo.

Chantal no estaba segura, pero ¿quién era ella para discutir cuando su jefe parecía tan contento? ¿No era por eso precisamente por lo que se había molestado tanto?

–¿Tiene unos minutos, señor Butt? Me gustaría hablar con usted sobre lo que me ha dicho Emily Warner.

–¿Es urgente?

–Es importante.

–¿Cuándo es el juicio, la semana que viene?

–El mes que viene, pero me gustaría pedirle consejo.

–Dile a Linda que te busque una hora la semana que viene –contestó su jefe–. Por cierto, ¿tú juegas, Chantal?

¿Si jugaba a qué? Entonces Godfrey hizo un gesto con las manos, como si estuviera golpeando algo con un palo. Ah, claro, el partido de golf con la flor y nata de Clifford. El viernes.

–Hace tiempo que no juego. Seguramente estoy desentrenada.

¿Desentrenada? Qué risa.

–Toma unas lecciones. El profesor del club de campo ha hecho maravillas con el doctor Lucas –sonrió Godfrey Butt–. Cuando estés preparada, podrás hacer unos hoyos con nosotros.

–Eso sería... –Chantal no sabía cómo decirlo.

¿Perfecto? ¿Aterrador? ¿Las dos cosas? Nerviosa, tuvo que tragar saliva–. Gracias, señor Butt.

La puerta se cerró tras él y Chantal no sabía si ponerse a dar saltos de alegría o darse de cabezazos contra el escritorio. Porque Godfrey Butt la había invitado con una condición:

«Cuando estés preparada».

Cuando pudiera usar un palo de golf como si llevara haciéndolo toda la vida. Cuando no enviase la pelota al agua.

Eso fue precisamente lo que pasó la última vez que intentó «jugar» al golf. Y las comillas eran porque la palabra «jugar» significaba divertirse, pero no había diversión alguna en aprender a jugar al golf bajo la tutela de su hermano mayor.

–Pero Mitch no era buen profesor –murmuró para sí misma–. Por no hablar de cómo se reía de mi ineptitud. ¿Cómo podía aprender en esas condiciones? Con un profesor decente y una buena motivación, aprenderé a golpear esa estúpida pelota aunque sea lo último que haga.

Como lo había aprendido todo. Preparación, práctica y paciencia. Con ese credo personal había llegado donde estaba.

¿Y el sexo?, le susurró una vocecita.

Eso era otra cuestión. Preparación inadecuada, práctica insuficiente, tutor impaciente...

Chantal tomó la guía de teléfonos mientras abría su agenda. Borró la hora en la peluquería y otras seis cosas más, incluyendo «comprar faldas una talla mayores» y lo sustituyó todo por clases de golf.

Odiaba el golf, pero empujaría la bolita blanca con la nariz si así conseguía un ascenso en el bufete, si la ayudaba a representar a clientes como Emily Warner. Su trabajo no era aburrido, más bien rutinario, pero ella necesitaba un reto, algo estimulante.

—Club de Campo, dígame.

—Necesito unas clases de golf urgentemente. ¿Cuándo puedo empezar?

Veinticuatro horas más tarde, Chantal estaba mirando por una de las ventanas de Merindee, pero la casa parecía estar vacía. Además, había llamado varias veces sin recibir respuesta.

Quizá Quade estaba dormido, se dijo. Y no quería que abriese la puerta en calzoncillos, sin camisa, despeinado...

Entonces sintió un escalofrío de aprensión. O esperaba que lo fuese. ¿Aprensión por ver a un hombre en calzoncillos? Después de soportar la fiesta que Kree O'Sullivan organizó la noche anterior, aquello debería ser muy fácil.

De modo que llamó a la puerta de nuevo, aquella vez golpeando el llamador de bronce como si quisiera despertar a todo el pueblo.

Aunque estuviese dormido como un tronco tenía que oírlo.

Mientras esperaba, golpeó el suelo del porche con la punta del zapato de dos colores. Eran sus zapatos de golf, comprados tres años antes... pero que solo se había puesto un par de veces.

Nada.

De nuevo miró por la ventana, aplastando la cara contra el cristal para ver si...

—¿Buscas a alguien?

Chantal se volvió a la velocidad del rayo, colorada como un tomate. La había pillado con las manos en la masa. O la nariz en el cristal, más bien.

No iba en calzoncillos, aunque eso era irrelevante. Y no estaba recién salido de la cama... a menos que durmiese con un polo verde oliva y unos vaqueros gastados en ciertos sitios. Y a menos que durmiese de forma vigorosa, porque tenía la frente cubierta de sudor.

Quade la miraba con una ceja levantada, esperando respuesta. Pero ella no podía pensar teniéndolo tan cerca.

«¿Buscas a alguien?».Sí, eso era lo que le había preguntado, con aquella voz ronca que la ponía tan nerviosa.

—He llamado varias veces y como no contestabas... pensé que no estarías en casa. O que estarías dando un paseo.

—¿Y qué hacías mirando por la ventana?

Maravilloso. No solo la pillaba espiándolo, sino que la hacía sentirse como una imbécil.

Chantal se irguió todo lo que pudo. A la luz del día, sus ojos parecían mucho más verdes, como si hubieran absorbido el color del jardín.

—He llamado tan fuerte como para despertar a los vecinos.

Aunque la única vecina era ella y estaba bien despierta.

–Te he oído. Estaba en la parte de atrás, cortando leña.

De ahí el sudor de la frente y los antebrazos, pensó Chantal. Pero debía concentrarse en otra cosa.

«Cortando madera». Maldición. No había pensado en eso.

–No se me ocurrió pensar en la chimenea.

–¿Y si lo hubieras pensado?

–Habría comprado leña.

–Pues me alegro de que no lo hicieras.

Quade se apoyó en una de las columnas del porche y Chantal intentó no mirar los vaqueros gastados, ni el vello oscuro de sus antebrazos. Intentó no sentir aquella respuesta física a su masculinidad.

«Concéntrate, Chantal. A esta distancia puedes disfrutar de una conversación agradable y sacarle información sin que parezca un interrogatorio».

–¿Por qué te alegras de que no haya comprado leña?

–Me gusta hacer ejercicio –contestó él, mirándola fijamente. Llevaba un jersey amarillo con el logo del club de campo, una faldita blanca, calcetines y... aquellos zapatos de dos colores–. Y parece que a ti también.

–¿Cómo?

–Que te gusta hacer ejercicio.

–Sí, tengo una clase de... un partido de golf esta mañana.

Cameron Quade emitió un sonido que podría haber significado cualquier cosa. Entonces movió la cabeza y el sol iluminó su pelo con reflejos de bronce. Por supuesto, no tenía el pelo de un color castaño normal.

Sin darse cuenta, Chantal apretó la tarjeta que llevaba en la mano.

–Mi hermana Julia...

–¿La decoradora?

–En realidad, es diseñadora de jardines. Es una paisajista extraordinaria y...

–¿Ella trajo las flores?

–No, las traje yo.

–¿Y la comida?

–Julia trajo la comida y las sábanas. Yo traje todo lo demás.

–Menos la leña.

«Por favor, qué hombre más exasperante», pensó ella. Primero aparecía sin avisar, con aquel aspecto tan... tan masculino y después la interrumpía constantemente.

–Julia se dedica a arreglar jardines descuidados y le encantaría echarle un vistazo al tuyo... si estás interesado. Si piensas quedarte.

Quade sonrió entonces.

–Ah, entonces has venido a verme para saber si pienso quedarme.

–Es lógico que sienta curiosidad. Todo el pueblo...

–¿Tú has venido para satisfacer la curiosidad de todo el pueblo o por alguna razón personal?

Chantal levantó la barbilla.

–Le prometí a mi hermana que te daría su tarjeta.

–Venga, Chantal. No has venido aquí para hablar de mi jardín. ¿Qué es lo que quieres saber?

–¿Por qué crees que tengo motivos ocultos?

–Porque eres abogada.

–¿Y tú qué?

–Yo soy un ex abogado.

¿Ex? Chantal lo miró, perpleja.

–Entonces, ¿no has venido para unirte al bufete de Godfrey Butt?

–Claro que no –contestó Quade–. ¿Tenías miedo de que te quitara el puesto?

–Me gusta saber dónde estoy –replicó ella–. ¿Y qué piensas hacer?

–Por el momento, nada que me aburra. Pero aún no he decidido qué.

–¿No piensas quedarte?

–No he decidido nada.

–¿Y tu novia?

–No tengo novia –contestó él, apretando los labios–. ¿No tienes que irte a jugar al golf?

Chantal hubiera querido hacerle más preguntas, pero Quade la tomó del brazo para llevarla hasta el coche. Y tenía la impresión de que si clavaba los tacones en el suelo la echaría a empujones.

–Bonito coche. Una abogada de pueblo debe ganar más de lo que yo pensaba.

–¿Tienes algo contra los abogados de pueblo? –replicó ella, herida.

–No si me dejan en paz. Aunque no te imaginaba trabajando con Godfrey.

Chantal se quedó callada un momento. ¿Quade había pensado en ella?

–¿Y cómo me habías imaginado?

–En un gran bufete de Sidney o algo así. Siempre has tenido los dientes afilados... aunque ahora, sin el aparato, son mucho más bonitos.

Chantal sonrió mostrando todos sus dientes y él soltó una carcajada. Y allí, a su lado, con la mano del hombre sujetando su brazo, sintió un escalofrío que la recorrió entera.

Sin dejar de sonreír, ¿cómo había podido olvidar esos hoyitos?, Cameron Quade golpeó la esfera de su reloj.

–No querrás perderte el primer hoyo.

Ella entró en el coche, pero no pensaba irse sin decir todo lo que tenía que decir.

–Necesitas ayuda con el jardín...

–Yo me encargo de mi jardín, gracias.

–Hace falta algo más que músculos para arreglar este desastre.

–Yo lo haré.

Parecía tan seguro de sí mismo que Chantal no lo dudaba. Cortaría la leña, arreglaría el jardín y seguramente también arreglaría las cercas y levantaría una granja de pollos en sus ratos libres. Pero eso no significaba que ella no fuera a decir la última palabra.

–Julia es una paisajista estupenda. Si quieres comprobarlo, ve a ver mi jardín un día de estos.

Arrancó el coche sin mirar atrás, preguntándose por qué la última frase había sonado a: «ve a verme, te espero impaciente».

«No debería gustarte tanto Cameron Quade. Esa bromita sobre el bufete en Sidney no ha tenido ninguna gracia. Y aunque le has preguntado, sus respuestas no han sido precisamente claras. Es imposible que un hombre como él esté sin hacer nada durante mucho tiempo. ¿Y entonces qué? ¿Crees que Godfrey no le hará una oferta que ni un santo podría rechazar? Y Cameron Quade nunca ha sido un santo».

A pesar de todo, a pesar de que había olvidado darle la tarjeta de Julia, a pesar de que olvidó pedirle el CD, Chantal se encontró a sí misma canturreando.

Además, había dicho la última palabra.

Y lo había hecho reír.

Y no tenía novia.

Quade observó el coche alejándose por el camino. Solo entonces se dio cuenta de que estaba sonriendo. Chantal Goodwin había querido decir la última palabra, estaba claro.

Era una buena competidora la señorita Chantal Goodwin. Eso no había cambiado en absoluto.

La sonrisa murió en sus labios entonces, tan rápido como un parpadeo de sus grandes ojos castaños. Si pudiera eliminar la respuesta sexual ante aquella chica sería un hombre feliz. No, un hombre satisfecho. La palabra «feliz» no podría aplicársele en... no sabía cuántos años.

Inmerso en su carrera profesional, no se percató de que había olvidado sus prioridades. No pensó en la falta de alegría ni en la falta de ética. La palabra «feliz» ni siquiera entraba en su vocabulario y había sido necesario un evento desolador para abrirle los ojos, para enviarlo de vuelta a Merindee.

La verdadera felicidad, la clase de felicidad en la que uno ni siquiera piensa, estaba unida a los recuerdos de su infancia, antes de que su madre sucumbiera al cáncer y su padre perdiese toda ilusión por la vida.

Veinte años.

Quade se pasó una mano por la cara. No sabía cómo iba a reunir las piezas de su vida, solo que aquel era el lugar para hacerlo.

No había mentido sobre sus planes. Pensaba hacer lo que le diera la gana, día tras día, hora tras hora. Viviría en vaqueros y camiseta y se bebería todo el vino de la bodega de su padre. ¿Quién sabe? Incluso podría empezar a dormir más de cuatro horas diarias.

En la distancia, donde la carretera de Clifford tomaba una pendiente, vio un brillo plateado. Chantal Goodwin de camino al club de campo.

Y no sería un fin de semana de risas con sus amigas. Seguro que tenía planes muy específicos para el golf, como los tenía cuando fue a visitarlo. No tenía nada que ver con su hermana, ni con el jardín. Su carrera era lo único que la interesaba.

Y había ido allí para enterarse de si quería su puesto en el bufete.

Quade sonrió, irónico. Sin duda Godfrey le haría alguna oferta. La esperaba. Pero su tío o no, benefactor o no, no pensaba aceptar. Más tarde, en un futuro, quizá se pondría de nuevo el traje de chaqueta, pero no volvería a practicar el derecho. No pensaba volver a saber nada de su profesión.

Y especialmente de las mujeres que se dedicaban a su profesión.

Capítulo Tres

Allí estaba. Corriendo de un lado a otro como una ardilla reuniendo nueces para el invierno. ¿Qué estaría tramando?

Distraído por la lejana figura, Quade se llevó una mano a la cara... pero se le había enganchado la manga de la camiseta en una espina del viejo rosal y tuvo que soltarse de un tirón.

Después de tres horas cortando matojos, estaba harto. Tenía que haber una forma más fácil de limpiar aquello.

Entonces miró a Chantal. Se lanzaría de cabeza sobre el rosal antes de admitir que necesitaba ayuda, pero así era.

El día anterior echó un vistazo sobre la jungla en la que se había convertido el jardín que fue el orgullo de su madre e inmediatamente fue a buscar herramientas. Pero allí era necesario entrar con un bulldozer. Necesitaba ayuda o, al menos, consejo profesional. Y si dicho profesional conducía un bulldozer, mejor... aunque no podía imaginar a la hermana de Chantal Goodwin a los mandos de tan pesada maquinaria.

Mientras pensaba en ello, Quade esperaba, pero no volvió a ver el jersey rojo de Chantal.

No le sorprendía. Llevaba dos horas yendo de un lado a otro. De repente aparecía entre los árboles de su casa y desaparecía después.

¿Qué demonios estaría haciendo?

Una cosa estaba clara: vigilarla desde su casa no le daba ninguna pista.

¿No lo había invitado a pasar por allí para ver su jardín?, pensó entonces. Además, no le había dado las gracias por poner su casa en orden y eso le pesaba en la conciencia.

Casi podía ver a su madre sacudiendo la cabeza, con gesto de reproche:

«¿Es que no te he enseñado buenos modales, Cameron?»

Decidido a arreglar el asunto, Quade saltó la valla para ir a casa de Chantal Goodwin.

La encontró detrás de los árboles. Allí estaba, sujetando un palo de golf con gesto concentrado.

Con la misma faldita blanca del día anterior, golpeaba un grupo de pelotas colocadas en el suelo. Después de mover las caderas de una forma que le dejó la boca seca, Chantal levantó el palo y lo dejó caer.

Tan concentrada estaba que no lo había oído llegar, de modo que siguió enviando pelotas de golf al prado que había detrás de la casa.

Entonces entendió el comportamiento de ardilla. Iba por todo el prado buscando pelotas y devolviéndolas al jardín para golpearlas de nuevo.

Una y otra vez.

Había visto esa extraordinaria dedicación cuando trabajaba con ella, pero supuestamente el golf era un juego para relajarse. Además, era domingo por la tarde.

Cuando la última bola rebotó en el tronco de un árbol, ella dejó caer los hombros.

—¿El partido de ayer no fue bien?

Chantal se volvió, con expresión indignada.

—¿Desde cuándo estás ahí?

—El tiempo suficiente.

—¿Ah, sí? Pues entonces habrás comprobado que el viejo adagio no es cierto: con la práctica no siempre se llega a la perfección.

—¿Has oído alguna vez que los malos hábitos se refuerzan con la práctica?

—¿Qué malos hábitos?

—La postura, por ejemplo. Tienes que controlar la parte inferior del cuerpo. Y debes relajarte.

—¿Estabas mirando la parte inferior de mi cuerpo? —replicó ella, furiosa.

—Pues sí. Pero en mi defensa debo decir que llevas falda —sonrió Quade, mirando descaradamente sus piernas.

Chantal parpadeó, como si no estuviera acostumbrada a los piropos. Raro en una mujer como ella.

—Supongo que no habrás venido aquí para criticar mi postura. ¿Qué quieres saber, Quade?

Estaba repitiendo sus palabras... pero, claro, Chantal Goodwin era abogada. Entonces se le ocurrió pensar que desde que entró en ese jardín lo estaba pasando bien. Un pensamiento desconcertante, dada la compañía.

—No te he dado las gracias por arreglar mi casa. Sé que es un poco tarde, pero...

—¿Has venido solo para darme las gracias?

—Y para pagarte los gastos.

—Godfrey se ha encargado de eso.

Quade apretó los labios. Aparentemente, no quería una recompensa por su esfuerzo.

—Muy bien. Pero te debo algo por el tiempo y la molestia.

—No es nec...

—¿Qué tal una lección de golf? —la interrumpió él—. Podemos solucionar el asunto de la parte inferior del cuerpo.

Chantal se puso colorada y Quade tuvo que contener una risita. No había querido insinuar nada, pero... su cuerpo estaba respondiendo de la forma más absurda.

—Me refiero al golf.

—Sí, claro —murmuró ella, levantando la barbilla—. ¿Y cómo sé yo que eres bueno jugando al golf?

—Interesante pregunta.

¿Sabía lo que estaba haciendo? ¿Quería tentarse a sí mismo tocando a Chantal Goodwin?

Pero al ver su expresión escéptica, le quitó el palo y golpeó una pelota lanzándola hacia... Clifford.

—¿Qué te parece?

—Tú eres un hombre. Te resulta fácil enviar lejos la pelota.

–Sí, claro, la longitud es importante –sonrió Quade. Y estaba hablando de golf, a pesar de que ella bajó la mirada. A pesar de que su... longitud parecía estar despertando a la vida–. Pero no es la única consideración. La puntería es crucial.

Seguidamente, ilustró la frase enviando una pelota entre dos árboles.

–Muy bien. Pero ahora tienes que recuperar todas esas pelotas.

–Más tarde. Primero tienes que intentarlo otra vez.

Quade le ofreció el palo, pero ella vaciló. Irritado, lo puso en su mano. Unas manos muy suaves, pensó, sintiendo un pellizco en el bajo vientre. Lo que había temido.

–¿Qué te ha pasado en las manos?

Quade siguió la dirección de su mirada. Pero, por un momento, solo pudo pensar en aquella mano suave envolviendo el duro palo...

Sacudiendo vigorosamente la cabeza, consiguió borrar aquellos pensamientos. Y vio entonces los arañazos. Se había olvidado de los matojos...

Pero estando tan cerca de Chantal Goodwin uno podría olvidarse hasta de su propio nombre.

–He estado trabajando en el jardín.

–Creí que no pensabas hacer nada que te aburriese.

–Pienso hacer lo que me apetezca. Y hoy me apetecía trabajar en el jardín.

–¿Sin guantes? ¿Te has curado esos arañazos?

–¿Cómo?

–Poniéndote antiséptico, por ejemplo. O agua oxigenada –contestó ella, mirándolo a los ojos.

Y entonces Quade sintió algo que no era solo deseo.

Algo que le dio mucho miedo.

–¿Eso quiere decir que no piensas hacer de enfermera? –sonrió, para romper la tensión.

Pero las palabras quedaron colgando en el aire mientras Chantal miraba sus manos, sus brazos, su abdomen... Estaba acalorada y Quade supo que estaba pensando tocarlo en todos esos sitios.

Aquella vez el calor que sintió en el bajo vientre era puro deseo, tan intenso que lo dejó paralizado durante unos segundos.

Ella levantó la mirada. Estaban tan cerca que podía ver el borde oscuro de sus ojos castaños, los puntitos dorados... Eran unos ojos en los que cualquier hombre podría perderse.

Durante aquellos meses, Quade había querido perderse, pero nunca en los ojos de una mujer cuya única pasión fuese su carrera.

–No se me dan bien los juegos –dijo Chantal entonces. Y su voz, un poco ronca, parecía acariciarlo–. El golf, los médicos...

Él soltó una carcajada.

–Y aprender a jugar al golf es más importante que mis arañazos. Vamos, guapa –dijo, señalando la pelota–. Enséñame lo que sabes hacer. Dale un buen golpe.

–¿No debería acariciar la pelota?

–¿Quién te ha dicho eso?

–Craig –contestó Chantal–. El profesor del club de campo.

–Ah, claro.

Para eso se había puesto la faldita, para impresionar a Craig, pensó Quade. Entonces vio que sujetaba el palo como si quisiera matar a alguien.

–¿Tu Craig no te ha dicho que no hay que sujetar el palo como si fuera un hacha?

–No es «mi» Craig. Y normalmente lo sujeto bien.

–Relaja los hombros –dijo él entonces–. Empezaremos sin la pelota. Cambia el peso de pie.

–¿Así?

Quade dejó escapar un suspiro. Podía hacerlo, se dijo. Podía colocarle los hombros sin sentir el calor de su piel. Podía colocarle las caderas sin apretarlas contra las suyas.

–Mejor. ¿Notas la diferencia?

–Solo noto tu aliento en mi nuca.

Él cerró los ojos un momento. Y decidió no decirle que había pensado poner sus labios en aquella nuca.

–¿Qué tal? –preguntó Chantal, golpeando al aire.

–Mejor.

Siguieron practicando, mejorando el golpe, cambiando la posición del cuerpo. Quade intentaba no admirar su determinación, no admirar nada en ella.

–El truco es colocar el peso del cuerpo en el sitio exacto cuando golpeas la pelota.

Chantal se dio la vuelta para mirarlo.

–¿Y cuándo voy a golpear la pelota?

–Cuando dejes de levantar la cabeza.

–Craig dijo que mi postura era correcta.

–Seguramente Craig estaba demasiado ocupado mirándote el trasero como para comprobar tu postura.

Furiosa, Chantal abrió la boca, pero Quade no le dio tiempo a protestar.

–La cabeza hacia abajo cuando golpees la pelota... así –dijo, intentando no notar el calor de su piel–. No estás relajada.

–¿Cómo voy a relajarme si no dejas de tocarme?

Él dio un paso atrás.

–Yo tampoco estoy muy relajado... sobre todo si me apuntas con un arma.

Chantal dejó caer el palo que sujetaba como si fuera una lanza.

–Lo siento. Es que estoy cansada.

–Entiendo. ¿Por qué no lo intentas por última vez?

–Muy bien, pero no me toques. Me pones nerviosa.

–Me apartaré, lo prometo. Y no diré nada. Venga, inténtalo.

Chantal golpeó la pelota y, cuando la vio volar en línea recta, lanzó un grito de alegría.

–Muy bien. Un golpe casi perfecto.

–No te hagas el listo –dijo ella, girando el

palo como si fuera un revólver–. Sin ti también doy buenos golpes de vez en cuando.

–Antes lo hacías fatal.

–Mentira.

Chantal se acercó con una sonrisa en los labios y Quade sintió la tentación de borrársela con un beso. Pero también ella pareció notarlo y dejó de sonreír.

–Muchas gracias.

–Ha sido un placer.

Y la estaba mirando como si fuera un placer estar a su lado, como si quisiera besarla.

Estaban muy cerca, demasiado cerca. Y el silencio se alargaba de forma incomprensible...

De repente, Quade se inclinó para recoger las pelotas.

Maldición.

No, aquello merecía una palabra más dura. Había estado a unos centímetros de sus labios... y perderse un beso de aquel hombre era como para llorar.

¿Se habría equivocado? Estaba segura de que no. Casi estuvo a punto de dar el primer paso, pero le entró miedo. A algunos hombres no les gustaban las mujeres agresivas... aunque esa novia que tuvo en Barker Cowan, la tal Gina, no era pasiva en absoluto. Todo lo contrario.

Quizá debería haber pestañeado, haber hecho como que se tropezaba... Evidentemente, su técnica dejaba mucho que desear. Quizá debería preguntar en el Ayuntamiento si daban clases de eso. «Seducción para principiantes». O «Técnicas de dormitorio».

Las preguntas, las respuestas, las conjeturas daban vueltas en su cabeza mientras recogía pelotas.

Cuando se encontraron al lado de la valla, el sol estaba besando el horizonte. Quade dejó caer un montón de pelotas en el cubo, con expresión ausente.

–Gracias otra vez –murmuró Chantal–. Por ayudarme con lo de la parte inferior del cuerpo.

–Lo harás bien cuando aprendas a relajarte.

Ella asintió con la cabeza, pensativa. Quade se daría la vuelta y le diría adiós con la mano. Y, sin saber por qué, aquella imagen la llenaba de pánico.

Quería una oportunidad para arreglar lo del beso. Quería hacerlo reír otra vez.

–Ese último golpe me ha salido muy bien. Gracias a ti –murmuró, pasándose la lengua por los labios–. ¿Quieres quedarte a cenar?

–¿Sabes cocinar?

–Tomé clases de cocina.

–¿Y qué? También dices que has tomado clases de golf.

–Aún no he envenenado a nadie. Al menos, últimamente.

Quade sonrió, mostrando aquellos preciosos hoyuelos. Y el impacto de aquella sonrisa convirtió el ritmo de su corazón en una rumba.

–Dime, Chantal... clases de golf, clases de cocina. ¿Haces algo por instinto?

–Diría que no, pero acabo de invitarte a cenar y yo creo que eso ha sido por instinto –contestó ella. Había intentado que su voz sonara normal, pero le salió más bien ronca–. ¿Te quedarás si prometo relajarme y tomármelo con calma?

Quade no contestó inmediatamente y Chantal se preguntó si debía reírse para aliviar la tensión...

–No creo que sea buena idea –dijo él por fin.

–Ah. ¿Por alguna razón en particular?

–Yo lo veo así: te he dado una clase de golf porque te debía un favor. Ahora tú me invitas a cenar porque crees que me debes otro... y lo próximo será que yo te invite a cenar a ti –suspiró Quade.

Ella imaginó entonces violines y velas, rodillas rozándose por debajo de la mesa, manos encontrándose sobre el mantel...

–Sí, claro.

–¿Dónde crees que terminará esta cadena de favores?

Con el corazón acelerado, Chantal pensó en las sábanas de raso color azul noche.

–Pues...

–Es mejor dejarlo aquí. ¿No te parece?

Claro que le parecía. Qué remedio. Si Cameron Quade quería tener una relación sentimental habría una cola de mujeres esperando. Si quería tener una mujer deslizándose entre esas sábanas de raso, encontraría una que supiera deslizarse instintivamente, no una que necesitara aprenderlo todo sobre las relaciones hombre-mujer.

—Antes de irme, quería hablarte de otra cosa. ¿Dices que Julia diseñó tu jardín?

—Así es. ¿Quieres echar un vistazo? Por cierto, tengo su tarjeta en el bolsillo.

Quade se la guardó sin mirarla.

—¿Qué tal si me lo enseñas mañana? Ahora está un poco oscuro.

—Me temo que mañana llegaré tarde a casa.

—¿Trabajas hasta muy tarde?

—No, es que tengo clase de golf.

—Le pediré a Julia que me enseñe algún otro trabajo suyo.

—Cambiaría la hora de mi clase, pero Craig ha hecho un esfuerzo para colarme y...

—No lo dudo —la interrumpió Quade—. Ya nos veremos, Chantal.

¿Qué había querido decir con ese «no lo dudo» tan irónico? ¿Qué había querido insinuar?

—Craig no tiene ningún interés personal en mí. Solo me está enseñando a jugar al golf.

—Si tú lo dices...

—Y no me mira el trasero.

—Entonces es idiota —replicó Quade, con una sonrisa en los labios.

41

Capítulo Cuatro

Hacer lo menos posible no era tan divertido como Quade había creído. Llegó a esa conclusión seis días más tarde.

Estaba deseando tomar una pala o unas tijeras de podar... o una apisonadora. Pero Julia Goodwin le había aconsejado que no tocase el jardín.

—Hasta que yo lo diga, no hagas nada.

De modo que aceptó verla el sábado por la tarde, que era cuando tenía un rato libre para echar un vistazo a su jungla.

—Problemas de transporte. Además, han anunciado lluvias durante toda la semana.

Un hombre menos honesto habría culpado a la espera de su nerviosismo. O a la lluvia. O a la soledad de una casa que recordaba llena de risas y envuelta en el perfume de la cocina casera.

Todo lo anterior era en cierto modo culpable, pero la verdad era que estaba irritado por no haber aceptado la invitación de Chantal. Él no sabía cocinar, en aquel pueblo perdido no podía pedir comida por teléfono y había rechazado una invitación a cenar.

Eso lo convertía en un imbécil tan grande como el profesor de golf.

Le había gustado mucho estar con ella. Chantal lo divertía, lo estimulaba y lo irritaba a la vez. Sin embargo, cuando la miraba a los ojos... sentía el deseo de salir corriendo. Como si ella fuera un peligro.

Había algo peligrosamente atractivo en aquella combinación de curvas suaves y afilada lengua, algo muy erótico en la textura de su piel. Pero Chantal Goodwin no era una belleza en el estricto sentido de la palabra. Resistir la tentación debería ser tan fácil como recordar lo poco que le gustaban las mujeres obsesionadas por su carrera, tan fácil como recordar el engaño de Kristin.

Al final la había llamado, pero no estaba en casa. Una abogada como ella tendría sitios a los que ir, cosas que hacer, horas que facturar.

Sería mejor concentrarse en el jardín, decidió, y en la finca que estaba igualmente abandonada. No se imaginaba a sí mismo como granjero, pero podría contratar a alguien como iba a contratar a Julia Goodwin.

El sonido de un motor interrumpió sus pensamientos y, al volver la cabeza, vio una camioneta negra acercándose a la casa.

¿Julia Goodwin conducía una camioneta?

Unos segundos después entraba en el jardín una réplica de Chantal, pero más alta y con más curvas. Su sonrisa de dos mil voltios parecía capaz de iluminar hasta el último rincón del desván. Y, a pesar de ello, su pulso no se aceleró. Si aquella Goodwin lo invitaba a cenar, aceptaría sin dudarlo un segundo.

–Cameron Quade, supongo. Yo soy Julia Goodwin, aunque supongo que ya se lo habrá imaginado.

–Llámame Quade.

–Quade, ¿eh? –sonrió Julia, estrechando su mano.

Ningún temblor, ningún escalofrío. Raro, dado la extraña reacción que le había provocado su hermana... pero acertado, dado el hombre altísimo que apareció tras ella.

–Zane O'Sullivan –se presentó él mismo.

–Será mi marido dentro de dos semanas –sonrió Julia.

–Un hombre afortunado.

–Eso creo yo.

–No lo crees, estás seguro –lo corrigió ella, sin dejar de mirar alrededor. Al darse la vuelta se le abrió el abrigo y Quade la miró, perplejo. Estaba embarazada, muy embarazada.

Pero no era la primera mujer embarazada que había visto en su vida. Todo lo contrario. Estaba Kristin. Y el embarazo del que él no sabía nada y que ella había decidido terminar sin consultarle.

–¿Cuándo sales de cuentas? –preguntó, con un nudo en la garganta.

–En noviembre.

–¿Eso es un problema? –preguntó O'Sullivan.

–No, claro que no. Solo una sorpresa.

–También fue una sorpresa para mí. Pero una sorpresa muy agradable –sonrió Julia–. El pequeñín no me impide hacer casi nada. Ojalá pudiera decir lo mismo de su papá –añadió, apretando la mano de su prometido.

Cuatro años de relación y Quade no recordaba ni una sola vez en la que Kristin lo hubiese mirado con el cariño que se miraban aquellos dos. Durante el último año, su novia apenas encontraba tiempo para hablar de algo que no fuera el bufete.

–Le he prometido a Zane que no haré ningún esfuerzo físico –continuó Julia–. Pero si no te importa repetírselo... Ya sabes, lo de cavar y plantar.

–Solo quiero que me haga un diseño –le aseguró Quade–. Quiero ser yo quien cave y plante.

–Me parece bien –dijo O'Sullivan.

–Pero supongo que estarás muy ocupada con lo de la boda.

–No, porque Chantal va a ayudarme.

–¿Todo está ya organizado?

–Con la precisión de unas maniobras militares. Y me apetece hacer algo, además de preocuparme por el tiempo.

Quade señaló los matojos.

–¿Crees que esto será suficiente distracción?

–Más que suficiente. Y, por cierto, ¿no te habrá quedado un trozo del pastel de chocolate?

Quade miró a O'Sullivan, esperando ayuda, pero él se encogió de hombros.

–No te entiendo.

–Traje un pastel de chocolate cuando llené la nevera.

–Ah, es verdad. Lo siento, ha desaparecido –sonrió Quade.

–Bueno, da igual. Es mejor que no coma nada. Mi hermana nos ha invitado a cenar.

–¿Cocina bien? –preguntó Quade.

–Chantal hace bien todo lo que se proponga.

–Excepto jugar al golf.

Julia lo miró, sorprendida.

–¿Chantal juega al golf?

–Está tomando clases.

–¿Quién es su profesor, Craig McLeod, del club de campo?

–¿El guapo de Craig es profesional del golf? –preguntó O'Sullivan.

Mientras Julia y él discutían sobre su antiguo compañero de instituto, Quade pensó en lo de «guapo».

–¿La gente lo llama así?

–A la cara, no –rio O'Sullivan.

–Pero es muy guapo, la verdad –sonrió Julia–. ¿Y cómo sabes tú que Chantal toma clases de golf?

La pregunta interrumpió una imagen en la que Chantal Goodwin golpeaba al «guapo» en la cara con un palo de golf. La imagen animó a Quade más de lo que debería.

–Me lo comentó de pasada.

–De pasada, ¿eh? ¿Y pasáis uno al lado del otro a menudo?

–Somos vecinos.

Podría ser su imaginación, pero la sonrisa de Julia se volvió especulativa.

–Ah, ya veo. Antes de empezar con el asunto del jardín, ¿qué planes tienes para cenar, Quade?

–Hola, Chantal, ¿cómo estás? –la voz de Julia en el contestador sonaba tan alegre como de costumbre–. Supongo que ahora mismo, trabajando como una esclava en la cocina. Espero que no te importe si llevamos a tu vecino a la cena... aunque me ha costado un poco convencerlo. Debes haberlo impresionado... o sea, al contrario. Bueno, nos vemos luego.

Chantal se dejó caer sobre una silla. Quade iba a su casa. Como ella había imaginado en sus fantasías nocturnas. Aunque, al contrario que en sus fantasías, no aparecería con una botella de vino en una mano y un ramo de flores en la otra.

No, sencillamente Julia lo arrastraría hasta allí porque su hermana podía convencer a cualquiera de cualquier cosa. Con un gemido de frustración, Chantal escondió la cara entre las manos.

Iba a matar a Julia, pero antes tenía que recuperar la compostura. Entonces miró por entre los dedos... Antes de matar a su hermana y recuperar la compostura tenía que limpiar la casa.

Nerviosa, colocó las revistas, los cojines del sofá y los papeles que había tirados frente a la chimenea... ¡la chimenea apagada, fría! ¡Socorro!

Con una mano sobre el pecho, se miró al espejo y se vio despeinada, sin una gota de maquillaje, con un aburrido jersey marrón... Tenía cuarenta minutos y necesitaba un plan. Y tenía que poner música para calmarse un poco.

Seis largas zancadas la llevaron hasta el estéreo. Buscó con los ojos su CD favorito para relajarse... pero no estaba.

Debía estar todavía en el estéreo de Quade.

Los cuarenta minutos pasaron volando, pero Chantal era más rápida. Cuando oyó el ruido del coche por el camino se puso unos vaqueros nuevos y una camiseta de color teja.

Su jersey de angora favorito estaba sobre la cama. No era muy práctico aquella noche porque podría mancharse de salsa. A toda velocidad, se sujetó los rizos con una horquilla de carey, se puso polvos en la cara e intentó no salir corriendo hacia la puerta a velocidad de vértigo.

Impresionante, desde luego.

—¡Ya estamos aquí! —oyó la voz de su hermana en el pasillo.

Desgraciadamente, Chantal no consiguió que le saliera una sonrisa ni controlar los latidos de su corazón. Y cuando vio a Quade inclinado sobre una estantería, dejó de intentarlo.

A la luz de la lámpara estaba... guapísimo. El polo verde destacaba el color caoba de su pelo y, agachado, aquellos vaqueros hacían maravillas con su trasero.

Con el pulso dando saltos como las llamas de la chimenea, lo observó examinando *Matar a un ruiseñor*.

–¿Cuántos años tenías cuando leíste este libro? –preguntó, de espaldas.

¿Cómo sabía que estaba allí? ¿Podía oír los latidos de su corazón?

–No me acuerdo. Catorce, creo –contestó Chantal por fin.

–¿Y entonces decidiste que querías ser abogado?

–Nunca he querido ser otra cosa.

Quade se volvió, tocando la cubierta del libro de una forma que la hizo tragar saliva.

–Supongo que tus sueños infantiles y el trabajo que haces ahora serán dos cosas muy diferentes.

–Todos soñamos con defender a los pobres, a los injustamente acusados.

–Yo no. Nunca tuve el don de la retórica.

–No estoy yo tan segura –murmuró Chantal, levantando una ceja–. Creo más bien que, con tu afilada lengua, habrías merecido más de una condena por desacato.

–¿Crees que digo muchas palabrotas?

–Digamos que hablas muy claro.

–¿Te refieres a la diferencia de opinión que tuvimos en... Barker Cowan?

¿Diferencia de opinión? Qué interpretación tan interesante.

–Si no recuerdo mal, me pusiste verde.

–Te lo merecías.

Chantal se puso tensa.

–Tenía una justificación...

–¿Lo ves? Una diferencia de opinión, como acabo de decir.

Estaba intentando contener una sonrisa.

Maldición. ¿Cómo podía indignarse si esa sonrisa amenazaba con convertirla en una piltrafa?

–Agua pasada –se encogió Chantal de hombros. Pero seguía pensando que era ella quien tenía la razón, aunque no recordaba por qué–. ¿Dónde está Julia?

–En la cocina, creo.

–¿Y Zane?

–Con ella.

–¿Y qué hacen en la cocina tanto tiempo? Ah, claro.

–Eso –sonrió Quade.

Seguramente estarían besándose. Habría querido decir algo gracioso, pero al mirar los labios de Quade solo pudo pensar: «qué suerte tiene Julia».

–He traído algo...

–¿Mi CD? –preguntó Chantal, distraída por el asunto de los besos–. ¿Mis sábanas?

–No sabía que te hubieras dejado un CD en mi casa. Y en cuanto a las sábanas... lamento decir que siguen en mi cama –dijo él, mirándola a los ojos.

Por eso precisamente le había pedido a Julia que comprase un juego de sábanas. Para evitar que aquel cuerpo, aquel cuerpo desnudo, tocase las suyas.

Chantal tragó saliva.

–Pensé que te gustaban más las de raso.

–Sí, pero las tuyas son más suaves de lo que imaginaba.

–Es que son de hilo.

–Si tú lo dices –se encogió Quade de hombros.

Ella imaginó aquellos hombros desnudos, bronceados en contraste con las sábanas blancas... y le empezaron a temblar las rodillas.

–¿No quieres saber qué te he traído?

Chantal vio entonces dos botellas sobre la mesa.

–¿Vino?

–¿Te gusta el Merlot?

Antes de que pudiera contestar, Julia apareció en el salón. Estaba colorada y tenía los labios un poco hinchados.

–Ah, aquí estás. ¿Quieres que te ayude con la cena? Porque estoy muerta de hambre.

Chantal respiró profundamente. Tenía invitados, una cena que preparar, una cabeza que aclarar...

–No es de buena educación comerse la cena antes de que esté servida.

Sonriendo, Julia se metió algo en la boca. Parecía sospechosamente un bollito de pan.

–Demasiado tarde.

La única forma de concentrarse en la cena era echar a su hermana y sus «no me habías dicho que Quade estuviera tan bueno» de la cocina con instrucciones para poner la mesa.

Pero cuando estaba sacando más bollitos de pan del congelador, se vio interrumpida de nuevo.

Por Quade.

Su primer pensamiento fue: «ah, así supo que yo había entrado en el salón. Sintió mis ojos clavados en su espalda».

Su segundo pensamiento fue: «si me quedo aquí generando tanto calor corporal, acabaré descongelando la nevera».

—Julia me ha pedido que lleve un sacacorchos.

—En el cajón de arriba, al lado del horno.

Lo oyó abrir el cajón mientras metía los bollitos en el microondas y después sintió su mirada clavada en la espalda. Otra vez.

—Es que me faltaba pan —murmuró tontamente.

Cuando se volvió, Quade estaba apoyado en la repisa, golpeándose distraídamente el muslo con el sacacorchos.

—Siento no haberte avisado. Julia dijo que no te importaría.

—Y es verdad, no me importa. Y no me falta pan porque hayas venido tú, sino porque mi hermana se lo ha comido.

Mientras hablaba, movía algo con un cucharón de madera. Olía bien y sabía mejor. «Gracias a Dios».

—Además, conociendo a Julia supongo que no habrás tenido más remedio que venir.

–Podría haber dicho que no. Las Goodwin sois muy mandonas, pero a mí no me asustáis.

Curioso, pero nunca antes la palabra «mandona» le había parecido un piropo. Era esa voz, esa boca.

–Entonces, ¿por qué has venido?

–Por curiosidad.

Qué respuesta tan rara. Chantal se volvió, apoyando una cadera en la repisa.

–¿Curiosidad sobre qué?

–Tu hermana dice que cocinas muy bien.

Y él no lo creía, claro. Indignada, Chantal levantó el cucharón.

–¿Qué es esto?

–¿Y yo qué sé?

–Salsa de calabaza con manzanas verdes y albahaca.

–Ah, gourmet –murmuró él, oliendo la cuchara con gesto de aprobación.

Antes de que terminase la noche cambiaría de opinión sobre sus habilidades culinarias, pensó Chantal, decidida.

–¿Quieres probarlo?

–¿No va a pasarme nada?

Quizá era su imaginación, pero le pareció que miraba sus labios antes de mirar la cuchara. Y sintió el impacto de esa mirada hasta el fondo de su ser.

Besarlo no estaría bien, no estaría nada bien. Pero no le importaría en absoluto.

Quade inclinó la cabeza y abrió los labios para probar la salsa. Chantal abrió los suyos sin pensar y, al hacerlo, vio un brillo en los ojos del hombre. ¿Deseo, resolución?

Entonces Quade se acercó. Mucho, demasiado. Cuando sintió el roce de su lengua en los labios, cerró los ojos. Tenía que concentrarse. Tenía que saborear aquel momento.

Tan entusiasmada estaba que se le doblaron las rodillas y perdió la sensación en los brazos... de modo que se le cayó el cucharón. Y antes de caer al suelo, por supuesto, le manchó la camiseta.

Julia eligió aquel momento para entrar en la cocina. Pero al ver la escena levantó una ceja y se dio la vuelta sin decir nada.

De modo que Chantal se quedó sola con Quade y la camiseta manchada. Él estaba pasándose una mano por el pelo, como si no creyera lo que acababa de pasar. Tampoco ella lo creía...

Entonces, sin decir nada, tomó un paño y empezó a limpiarle la camiseta. Pero con cada roce de su mano en el estómago, en el abdomen... parecía quemarse entera. Con la cara roja y el pulso acelerado, Chantal contuvo el aliento.

—Creo que deberías cambiarte de camiseta —dijo Quade.

Evidentemente, no quería hablar del beso. Y, por supuesto, no quería seguir besándola.

Y ella no pensaba suplicarle, por supuesto.

—Será mejor que siga con la salsa o no cenaremos hasta medianoche —murmuró, tomando otro cucharón.

–¿Te encuentras bien?

–Claro. ¿Por qué?

–No sé. Estás un poco... acalorada.

¿Solo acalorada? Habría podido jurar que estaba al borde de la combustión espontánea, mientras él parecía absolutamente tranquilo.

–El calor del horno. O a lo mejor he pillado un resfriado. Llevo todo el día un poco... acalorada.

–¿Ah, sí?

Quade dio un paso atrás. ¿Qué temía, que le contagiara el resfriado?

–Pues sí. El otro día nos calamos mientras estábamos jugando al golf.

–¿Jugando al golf bajo la lluvia? ¿No es eso un poco exagerado?

–Es que nos pilló por sorpresa.

–¿Las nubes no os dieron ninguna pista?

–No miré las nubes –replicó ella–. Estaba muy concentrada en darle a la pelota.

–Con Craig, supongo.

–Sí.

Quade emitió una especie de bufido.

–Solo es un juego, Chantal.

–Es algo más –replicó ella, echando la pasta en el agua hirviendo.

–A ver si lo entiendo... jugar al golf es bueno para tu carrera. Quieres impresionar a Godfrey y quizá a algún cliente importante.

Sí, había empezado a tomar clases precisamente por esa razón, pero también se había convertido en un reto personal. Quería aprender, quería tener éxito. Pero no pensaba disculparse, ni defenderse a sí misma.

–Qué perceptivo –dijo, sarcástica.

–No particularmente –replicó Quade, cortante–. Kristin sería capaz de jugar al golf bajo un huracán si con eso consigue que su jefe le dé una palmadita en la espalda.

Después, la dejó en la cocina, perpleja por el comentario y por el tono.

Chantal acababa de descubrir que la ruptura de su compromiso lo había llenado de amargura.

Capítulo Cinco

–¡De eso nada! –exclamó Julia, moviéndose a gran velocidad para impedirle el paso. Demasiada velocidad para una mujer embarazada–. Sí, son hombres, pero creo que podemos confiar en que sepan meter las cosas en el lavavajillas.

–Son mis invitados.

–Técnicamente, sí. Pero Quade se ha ofrecido voluntario.

–Solo estaba siendo amable. Nadie se ofrece a fregar los platos porque le apetezca.

–Cierto, pero en este caso les estás haciendo un favor.

Chantal soltó una risita incrédula.

–Venga ya.

–No, de verdad. Estaban deseando quedarse solos un rato para hablar de coches. ¿Quieres relajarte, por favor?

Después de que Quade hubiera incrementado la temperatura de su cuerpo, relajarse no era tan fácil. No, no podría relajarse en aquel momento como no había podido relajarse durante la cena.

No podía dejar de recordar el brillo de sus ojos cuando habló de Kristin. Y, sobre todo, no podía dejar de recordar el deseo que sintió de consolarlo, de curar la herida. Aunque estaba segura de que Cameron Quade no tenía ninguna intención de dejar que ella lo consolara.

Por fin, se dejó llevar por su hermana hasta el salón, frente a la chimenea. Pero no quiso sentarse.

—¿Quieres dejar de pasear? Me estás poniendo nerviosa.

Chantal se plantó en jarras delante de la chimenea. Desgraciadamente, Julia la miró entonces con esa mirada de: «ajá, por fin estamos solas».

—¿Por qué crees que quieren hablar de coches?

—Por lo visto, Quade tiene un viejo deportivo en el garaje.

—El MG, sí.

—¿El qué?

—Un viejo deportivo, un MG.

—¿Y tú cómo lo sabes?

—Pues...

¿Por qué no se lo contaba? Eso distraería a Julia de la historia que realmente quería escuchar.

—¿Te acuerdas del verano que trabajé en Barker Cowan, el bufete donde estaba Quade?

—Recuerdo lo importante que era para ti trabajar en el sitio adecuado. Recuerdo muy bien esas discusiones en la mesa —sonrió su hermana.

—Porque era importante.

Había querido practicar y aprender de los mejores en el campo de la abogacía, aunque en aquel caso había otro factor que influyó en su decisión. Un factor de veintitantos años que estaba como un tren.

—Fue durante un puente, en el mes de mayo. Yo había vuelto de la universidad para pasar unos días en casa y oí que Quade estaba de visita, así que fui a verlo para ver si necesitaban a alguien en el bufete.

Una excusa estupenda para ver al intrigante Cameron Quade, se había dicho a sí misma.

—¿Y qué pasó?

—El caso es que su padre me dijo que estaba en el garaje, arreglando el coche.

—El MG.

Sí y no. Chantal se pasó la lengua por los labios.

—Cuando entré en el garaje, no era el coche en lo que estaba trabajando.

—¿Y qué estaba haciendo? —preguntó Julia.

—Estaba «trabajándose» a una socia del bufete.

Habían pasado siete años y seguía poniéndose nerviosa al recordarlo.

—No te vieron, ¿verdad?

—No, por Dios. Salí corriendo.

Aunque no inmediatamente. De hecho, se quedó paralizada durante unos segundos, mirando la escenita.

—¿Y cómo sabes que era un MG?

—Porque soy muy observadora. Además, me quedé mirando el coche para... no mirarlos a ellos.

—¿Y no me lo habías contado hasta ahora? —replicó Julia—. Y encima acabaste trabajando en Barker.

–Mamá lo organizó todo a través de Godfrey. Pensaba que estaba haciéndome un favor.

Y así empezó el peor verano de su vida, intentando olvidar la escenita del coche y sus propias fantasías. Había soñado ser la mujer que estaba tumbada sobre el capó del deportivo rojo. En sus sueños, sentía el frío metal bajo la espalda y el calor del hombre; experimentaba la magia de un beso de amante y oía sus propios gemidos de placer. Cada vez que soñaba con eso, se despertaba sudando, desorientada... y sola.

–¿Y tenías que ver a Quade y a la otra todos los días? –preguntó su hermana.

–Sí, pero me concentraba en el trabajo.

O, al menos, lo intentaba.

–¿Y podías mirarlo a la cara?

–Entonces tenía diecinueve años –suspiró Chantal.

–Incluso antes de convertirte en Doña Competente, incluso cuando eras una cría, tú nunca has sido de las que se asustan. De hecho, todo lo contrario... Ah, ahora lo entiendo. Te pusiste insoportable, ¿no?

–Horrorosamente insoportable.

–¿Discutías con él?

–Naturalmente.

–Ah, ya veo –rio Julia entonces.

Chantal rio también. Pero ya que se lo había quitado de encima, debía contarle el resto.

–Hay más. Hubo un... pequeño accidente. Yo estaba intentando impresionar a Quade y me salió mal.

–¿No se quedó impresionado?

–Todo lo contrario. Pero no tenía derecho a tratarme como lo hizo.

–Sí, pero la historia del garaje explica muchas cosas –sonrió Julia.

–¿Sobre qué?

–Sobre cómo te portas cuando estás con él.

Chantal la miró, aparentando sorpresa.

–¿Y cómo me porto?

–No eres tú misma. Durante la cena no has parado quieta un momento...

–Es que he tenido un día muy duro. Y para arreglarlo, tú apareces con un invitado inesperado.

–Nunca te había visto beber más de una copa de vino –dijo su hermana.

–Suelo tomar un vasito de vino durante la cena –se defendió Chantal–. Tú lo sabes.

–Un vasito sí, pero esta noche parecías a punto de beber directamente de la botella.

–Muy graciosa.

Solo había tomado dos copas... tres como máximo, para calmar los nervios. La colonia de Quade, el roce de su pierna bajo la mesa, el recuerdo de sus labios... y todos aquellos complejos sentimientos la habían alterado un poco.

–¿Es tan obvio? –preguntó entonces.

–¿Que te gusta? Te has puesto colorada, así que la respuesta es sí.

Chantal levantó los ojos al cielo.

–No quiero seguir hablando del asunto.

–Pero te has puesto colorada.

–Es por la chimenea...

–Sí, sí. Siempre me había preguntado qué clase de hombre haría que te pusieras colorada, hermanita.

–Pero si apenas lo conozco...

–¿Y eso qué importa?

–Pues... no sé. Quade es...

–¿Muy guapo? ¿Muy sexy?

–¿Zane sabe que piensas eso? –preguntó Chantal entonces, irritada.

–No vas a distraerme. ¿Quade es...?

–Quade no está interesado en mí.

Sí, era guapo. Sí, era sexy. Y sí, la había besado, para apartarse después.

–¿Y tú cómo lo sabes? No eres precisamente una experta en hombres.

Eso era cierto. Antes de Quade no había pensado en ningún otro. Y después, se pasó un semestre en la universidad intentando llenar el hueco. Para fracasar miserablemente.

–¿Cómo lo sabes? –insistió su hermana.

–Lo invité a cenar... y me dijo que no estaba interesado.

–A lo mejor no tenía hambre.

–Y a lo mejor no estaba interesado. Además, prácticamente has tenido que traerlo atado esta noche, ¿no?

Julia la miró, pensativa.

–¿Sabes una cosa? Creo que protesta demasiado.

–Sí, ya.

–Os he observado durante toda la noche y...

no sé qué he interrumpido antes en la cocina, pero sé que he interrumpido algo.

–¿No crees que es solo por mi parte? No, déjalo, no lo digas. Yo qué sé. No sé qué hacer y...

Julia apretó su mano.

–¿Por qué aceptas cualquier reto profesional, pero te echas atrás cuando se trata de un hombre?

Chantal la miró, sorprendida.

–Porque no sé cómo hacerlo. No conozco el procedimiento.

–Quade sería una clase maestra.

Manos expertas, paciencia... la premonición de cómo sería esa clase maestra hizo que Chantal sintiera un escalofrío.

–Da miedo, ¿eh? –bromeó su hermana.

–No tengo mie...

–Ya, ya. Tú no tienes miedo de nada. Además, siempre vas detrás de lo que te interesa.

–Esto es diferente. Quade es... difícil.

–¿Y crees que un reto debería ser fácil?

–Fácil no, pero que al menos haya una oportunidad de ganar.

–¿Siempre tienes que ganar?

–Sí, así es –contestó Chantal–. Me pasé años intentando llegaros a ti y a Mitch a la altura de los zapatos, intentando buscar la atención de nuestros padres...

–Nunca había suficiente para todos, ¿verdad?

–No, pero una vez que descubrí cómo ganarme su afecto... supongo que se convirtió en una costumbre.

–Pues no dejes que se convierta en una mala

costumbre, cariño –le aconsejó su hermana–. Trabajas demasiado. Y piensas demasiado en el trabajo.

–Me encanta mi trabajo. Es lo único que hago bien y el único sitio en el que me siento competente.

–Tú lo haces todo bien. ¿Qué pasa con la cocina, con los arreglos florales...?

–Porque estudié y practiqué. Pero en mi trabajo no me cuesta tanto. Es divertido –la interrumpió Chantal–. Bueno, voy a hacer café. ¿Quieres algo?

Por un segundo, Julia pareció decidida a seguir hablando del asunto. Pero al final lo dejó pasar.

–¿Tienes pasteles? ¿O chocolate? Siempre tienes chocolate en la despensa.

–Siempre tengo cosas que engordan en la despensa.

–Tu adicción a la comida basura es una de las pocas cosas que te redimen –rio su hermana–. No lo estropees.

–¿Eso es lo único que me redime?

–No, tienes otras cualidades interesantes. Por ejemplo, tu absoluta falta de vanidad. No sabes lo guapa que eres. O lo guapa que podrías ser... si quisieras.

Chantal levantó los ojos al cielo.

–Por favor...

–Y lo más importante: que harías cualquier cosa por tu familia. Yo lo sé y Mitch también.

–Gracias.

Solo pudo decir eso porque tenía un nudo en la garganta.

–De nada. ¿Qué pasa con el chocolate?

Sacudiendo la cabeza, Chantal se dirigió a la cocina. Pero antes de entrar se volvió hacia su hermana.

–Lo que hemos hablado, ¿podría quedar entre nosotras?

–Por supuesto, boba –sonrió Julia. De pequeñas habían compartido muchos secretos–. Hace tiempo que no lo hacíamos, ¿verdad? Hacía siglos que no hablábamos de nuestras cosas. Tenemos que hacerlo más a menudo.

Chantal estaba demasiado emocionada como para hablar, así que se limitó a asentir con la cabeza.

–Ah, y otra cosa... yo creo que ha llegado el momento de aceptar un reto que te asuste de verdad. Algo que sea realmente divertido... No digas nada, solo prométeme que lo pensarás.

–¿Más café? –preguntó Chantal.

Antes de que Quade pudiera contestar, ella se había levantado de nuevo, como la perfecta anfitriona.

Estaban sentados frente a la chimenea y deberían estar relajados. Y lo estarían si los muebles no pareciesen colocados como con tiralíneas, si hubiera cojines tirados por el suelo, si Chantal dejara de levantarse una y otra vez.

–Olvídate del café. Aparca de una vez ese bonito trasero y tómate el resto de la noche libre –dijo Quade en voz baja para que Julia y Zane,

65

que hablaban sobre sus planes de boda, no lo oyeran.

Chantal se puso colorada y eso lo hizo sentir incómodo. Pero no pasaba nada; era la típica reacción de un hombre ante una chica atractiva.

Sin embargo, cada vez que la veía como el prototipo de mujer de carrera, cada vez que la comparaba con Kristin, Chantal Goodwin hacía algo que no tenía nada que ver. Que se pusiera colorada, por ejemplo, no cuadraba en absoluto con esa imagen. Ni su respuesta tentativa ante el beso, como si no supiera qué hacer.

Había vuelto a casa para pensar, no para complicarse la vida. Y Chantal empezaba a convertirse en una complicación.

En cuanto a su familia... Quade miró a Julia y Zane y, al hacerlo, sintió una compleja mezcla de envidia, rabia y pena por lo que ya no tenía. Y una horrible sensación de pérdida.

Pero no debía pensar esas cosas, no debía castigarse a sí mismo.

—¿Te he dicho que mamá llamó esta mañana para hablar del ensayo?

—¿Ya has decidido el día? —preguntó Chantal, que se había sentado en la alfombra.

—La verdad, yo no veo la necesidad de ensayar —suspiró Julia.

—Ah, qué graciosa —intervino Zane—. Porque tú tienes experiencia.

—Es mejor que todo el mundo sepa dónde tiene que colocarse —asintió Chantal.

–Eso si todo el mundo pudiera ir al ensayo, pero no es así.

–Tendrás que llamar a Mitch y Gavin mañana.

–¿No es la primera vez que te casas? –preguntó Quade.

–No, estuve casada antes –contestó Julia–. Pero la primera vez estaba buscando algo equivocado.

A él le había pasado lo mismo. Solo pensaba en su carrera; pensaba en el derecho por el dinero y el prestigio. Y Kristin lo eligió a él por las mismas razones.

–Quizá podríamos hablar de otra cosa –dijo Chantal entonces, como si intuyera que aquel era un tema doloroso.

–El matrimonio no es un tema prohibido para mí.

–Para Chantal sí –sonrió Julia–. Tiene opiniones muy particulares al respecto.

–¿Y por qué no? En mi trabajo veo demasiadas parejas rotas. Parejas que se juraron amor eterno y después se matan durante el procedimiento de divorcio.

Lo había dicho con tanta seguridad que Quade no pudo evitar hacer de abogado del diablo.

–Esa es la cara más fea.

–Es la que yo veo.

–No tienes que mirar muy lejos para ver la otra –dijo él entonces, señalando a Julia y Zane.

–Sí, mi hermana es la mujer más feliz del mundo, pero eso no cambia nada –replicó Chantal–. Y en cuanto a mi hermano Mitch, la ruptura de su matrimonio lo dejó destrozado.

Quade vio que le brillaban los ojos. Quizá porque quería mucho a su hermano, a toda su familia.

–¿Y tú has jurado no pasar por eso?

–Digamos que el matrimonio me parece un error –replicó ella. Entonces recordó que Quade acababa de romper su compromiso–. Perdona, no quería...

–No hace falta que te disculpes. A mí tampoco me interesa.

Se quedaron en silencio después de eso. El único sonido, el crepitar de la chimenea y los comentarios de su hermana sobre la incómoda vejiga de una embarazada.

–Deberíamos marcharnos –bostezó Zane, después de acompañar a Julia al baño–. Voy a encender la calefacción del coche. ¿Vienes, Quade?

–Irá dentro de un momento –contestó Chantal por él.

Demasiado sorprendido como para replicar, Quade se despidió de Zane y esperó mientras ella respiraba profundamente, como si tuviera algo desagradable que decir.

–Siento mucho haber dicho eso. Debería haber pensado antes de hablar.

–¿Por eso querías que me quedase, para pedirme disculpas?

–No –contestó Chantal, levantando la barbilla–. ¿Por qué me has besado?

Quade soltó una carcajada. De todas las preguntas que hubiera podido hacer, aquella era la última que esperaba.

–No tengo ni idea.

Intentaba bromear, pero había una gran tensión entre los dos. Y decidió entonces decir la verdad.

–Desde que conocí a Kristin, no había vuelto a mirar a otra mujer.

–¿Cuándo rompiste con ella?

–Hace seis meses. Seis meses sin mirar a otra mujer. Pero en cuanto te vi en mi dormitorio...

–¿Te sentiste interesado?

–Sí. No puedo decirte cuántas veces he recordado ese primer encuentro. Las sábanas de raso deslizándose hasta el suelo, tú inclinada sobre la cama... los muelles del colchón crujiendo.

–Así que... ¿dónde nos deja eso? –preguntó Chantal con voz ronca.

Antes de que Quade pudiera hacer algo más que pensar: «donde tú quieras», la puerta del baño se cerró. Oyeron a Julia en el pasillo, pero la pregunta había quedado colgada en el aire.

–¿Quieres que haya algo entre nosotros?

–¿Y tú?

–Bueno, ¿nos vamos? –preguntó Julia, entrando en el salón.

Al verlos tan callados se quedó mirando de uno a otro, sorprendida.

A Quade no le importó. Lo único que le importaba era cómo contestar a la maldita pregunta.

–No lo sé –dijo por fin–. Ni siquiera sé si me gustas o no.

Capítulo Seis

Al día siguiente, durante el almuerzo, Chantal admitió la derrota. Sencillamente no podía concentrarse en los papeles que estaba estudiando.

Un hecho que la confundía, la molestaba y la frustraba al mismo tiempo.

Tenía que concentrarse en el caso Warner, un caso tan complicado como cualquier película de juicios... más una hijastra a la que habían dejado fuera del testamento.

Se pasaba el día construyendo el caso para Emily Warner. Ese caso representaba todo lo que amaba en su trabajo.

Pero aquel día no era un día normal.

Para empezar, era el día después de que Cameron Quade la hubiera besado. Y también el día después de que le dijera que no sabía si le gustaba. Y los dos eventos daban vueltas en su cabeza.

Como si eso no fuera suficiente, estaba el asunto de Julia. Le había dejado dos mensajes diciendo: «llámame urgentemente».

Suspirando, Chantal cerró el archivo. Había una pequeña posibilidad de que la urgencia de su hermana se debiera a la boda. Aunque no sabía si eso la animaba. Los planes de boda le habían dado más dolores de cabeza que sus líos con Cameron Quade.

Por lo visto, el padrino estaba perdido en un bote de pesca y no sabía si llegaría a tiempo. Otro de los testigos tenía sarampión y tuvieron que pedirle a Mitch que hiciera su papel, pero nadie sabía cuándo aparecería por allí, ni siquiera sus padres.

Chantal enterró la cabeza entre las manos. Tenía que llamar a su hermana, aunque temía sus inevitables preguntas:

«¿Qué interrumpí cuando salía del baño?» «¿Qué quiso decir Quade con eso de que no sabía si le gustabas o no?»

¡Esa era la pregunta del millón de dólares! No debería haberse quedado con la boca abierta. Debería haberse enfurecido. Debería haberle dicho algo horrible como... como...

¡Lo mismo te digo, imbécil!

Pero Chantal no se engañaba a sí misma. A pesar de lo que había pasado o no había pasado siete años antes, le gustaba mucho. Pero mucho.

Quizá sus sentimientos se mezclaban con la fascinación que sintió por él de adolescente, pero había algo más complejo.

¿Quería que hubiese algo entre ellos?

Sí. Desde luego que sí. Absolutamente. De forma incuestionable.

Pero no lo admitiría nunca... a menos que él lo admitiera. Su orgullo estaba por encima.

Encantada con tal resolución, dejó escapar un suspiro de alivio que se convirtió en una tosecilla. ¿No era una ironía? Después de culpar a un resfriado de mentira por su acaloramiento, aparentemente había pillado uno de verdad.

Cuando miró el reloj, Chantal se dio cuenta de que le quedaba menos de una hora para la clase de golf y, con un suspiro, levantó el auricular.

Chantal replicaba al interrogatorio de su hermana haciéndose la sueca, pero la suspicaz Julia detectó el resfriado en su voz.

–¿Te encuentras bien? Tienes la voz ronca.

Temiendo que apareciese de repente en su casa con un plato de sopa caliente y una caja de pañuelos, Chantal lo negó, disimulando la tos.

–Estoy bien, de verdad. Y tengo que irme. Hablaremos más tarde.

–Espero que no sigas trabajando...

–No, me voy a la clase de golf.

Julia dejó escapar un suspiro.

–Relájate, ¿de acuerdo? Se supone que una clase de golf debería ser algo divertido.

Chantal intentó relajarse mientras practicaba nueve hoyos con Craig. Pero fue imposible.

De hecho, el asunto del golf estaba empezando a ser imposible y eso la ponía de muy mal humor.

Destrozada y sintiendo lástima de sí misma, se dio un baño de sales cuando llegó a casa. Y luego decidió que se merecía otro lujo, una noche libre.

Las preparaciones fueron sencillas: se puso un pijama de franela, descolgó el teléfono, puso música relajante en el estéreo y sacó de la estantería una novela romántica.

Justo antes de tumbarse frente a la chimenea, pensó en comer algo.

¿Helado, palomitas, chocolate? Pero no le apetecía nada. Y no era por el resfriado. Últimamente no le apetecía la comida basura. Como regulador del apetito, Quade era muy efectivo, desde luego.

Si se quedaba allí mucho tiempo quizá adelgazaría los kilos que había engordado durante el invierno.

Cuando sonó el timbre estaba perdida en los pantanos de Hampshire, perseguida por un extraño con fríos ojos de cazador. Al primer timbrazo sacudió la cabeza, al segundo murmuró una maldición.

Durante los seis timbrazos siguientes consideró no hacer ni caso. Pero su coche estaba en la puerta, de modo que no había forma de engañar al visitante.

Y siendo un domingo por la tarde después de las ocho, solo podía ser alguien de su familia. Es decir, su hermana. Y a Julia no podía dejarla en la puerta. Una novia con la nariz roja y pronunciando los votos con voz ronca...

Chantal saltó del sofá y, al hacerlo, tuvo que sujetarse a la repisa de la chimenea. Aquella vez no podía culpar a Quade por el mareo. Debían ser las pastillas para el resfriado.

La puerta de la calle tenía un cristal emplomado y no podía ver claramente a la persona que estaba en el porche, pero era imposible confundir esos hombros anchos con los de Julia.

Cameron Quade.

Y ella iba en pijama. Y ni siquiera se había pasado un cepillo por el pelo después de bañarse.

Pero Quade no era el tipo de hombre que se rinde fácilmente. Y, como para dejarlo bien claro, volvió a pulsar el timbre. Aquella vez como si se hubiera apoyado en él.

Estaba en casa, seguro. Podía oír la música que salía del estéreo.

Entonces, ¿por qué no abría la puerta?

Había dejado la chimenea encendida, dos películas de Clint Eastwood y media botella del mejor vino sobre la mesa. Después de la llamada de Julia, no tuvo alternativa. Diez años en el mundo del derecho y seguía teniendo conciencia. A su madre le haría mucha ilusión.

–¡Ya era hora! –exclamó cuando se abrió la puerta.

Lo primero que vio fue su expresión de disgusto. Después, un pijama de franela rosa.

Sí, Chantal llevaba un pijama de franela rosa

con ovejitas. Estaba despeinada y tenía la nariz roja.

Y, al mirarla, se dio cuenta de que se le había pasado el enfado.

–Estás viva –dijo, muy serio. No quería que se le pasara el enfado.

–¿Había alguna duda?

–Me llamó tu hermana. Por lo visto, has descolgado el teléfono y estaba preocupada.

–He descolgado el teléfono porque no quería que me molestasen.

Quade entró en la casa sin pedir permiso.

–Si me hubieras dejado ahí cinco minutos más se me habrían congelado los... limones.

Sus ojos, que parecían brillantes de fiebre, se clavaron entonces en la bolsa que llevaba.

–¿Me has traído limones?

–Y ron –dijo Quade, mostrando una botella–. Ah, y me he acordado de tu CD.

–Gracias. Supongo que Julia te ha dicho que estoy resfriada.

–Sí. Quería venir ella misma, pero Zane había tenido que salir.

–Y ella no puede conducir de noche –suspiró Chantal–. Supongo que está bien eso de que la hermana de una sea tan protectora.

–Está muy bien.

–Ya, claro. ¿Querías algo más?

–¿Te has resfriado por jugar al golf bajo la lluvia?

–No.

–Sí. Y ya te lo dije. ¿Dónde quieres que ponga

75

esto? –preguntó Quade, señalando la bolsa de limones.

–Tú los has traído, así que supongo que sabrás qué hacer con ellos.

–Mi madre solía hacer una cosa con limones cuando estábamos resfriados. No sé nada más.

–¿Tu madre te daba ron?

–No. Eso ha sido idea mía.

–¿Hay que echarlo al zumo de limón?

Quade se encogió de hombros.

–Supongo que no iría mal.

Chantal lanzó una carcajada.

–Yo creo que iría fatal.

–¿Por qué?

–Porque he tomado unas pastillas que marean un poco y no creo que sea buena idea mezclarlas con alcohol.

Quade pensó entonces que si estaba un poco mareada, quizá tendría que tomarla en brazos para llevarla a la cama... Mejor no pensar en ello, se dijo.

Nervioso, se colocó la bolsa bajo el brazo, pero los limones empezaron a salirse y los dos intentaron sujetarlos a la vez. Resultado: un lío de manos, brazos y limones.

Chantal empezó a reírse y Quade sonrió también, respirando el aroma de su colonia. Estaban muy cerca, pero él no pensaba en gérmenes. Solo pensaba que Chantal no llevaba sujetador bajo el pijama.

–¡Tachán! No se ha caído ninguno –dijo ella, triunfante.

Quade miró el solitario limón que tenía en la mano. Afortunadamente, Chantal se había concentrado en la tarea o estarían ahogados en fruta.

–Gracias por traerlos. Ha sido un detalle.

¿Un detalle? Evidentemente, no sabía lo que estaba pensando. Por no hablar de la tensión dentro de sus vaqueros.

–He tenido que improvisar. No sé cómo hacer sopa de pollo.

–¿Julia sugirió que trajeses sopa de pollo? ¡No tenía ningún derecho!

–Es tu hermana. Es normal que se preocupe.

–Pero no tiene derecho a hacerte salir de casa.

Quade se encogió de hombros.

–Tú me invitaste a cenar anoche.

–Por favor, ¿otra vez con lo de la cadena de favores? Muy bien, acepto tu regalo porque somos vecinos, ya está. Pero se acabó. No nos debemos nada. ¿De acuerdo?

–De acuerdo.

Estaban mirándose a los ojos. Y en un segundo, algo cambió por completo, como si fuera un acuerdo tácito entre los dos.

¿Vecinos? Quade rechazó el concepto. Aún no sabía qué quería de Chantal Goodwin, pero no era una taza de azúcar.

–Muy bien –murmuró ella, dirigiéndose a la cocina.

Habría sido el momento perfecto para que Quade hiciera algo similar, por ejemplo salir de allí corriendo. Pero en lugar de hacerlo, se encontró a sí mismo observando aquel redondo trasero envuelto en franela rosa.

Tenía que mirar otra cosa, se dijo. Y entonces vio el libro en el suelo.

Chantal Goodwin leía novelas románticas. Románticas y calientes, a juzgar por la portada. Sacudiendo la cabeza, sacó el CD del bolsillo de la chaqueta. Hablando de contradicciones... desde luego aquella chica era una sorpresa detrás de otra. Y lo peor era que cada nuevo descubrimiento lo acercaba a la capitulación.

¿Quería luchar? ¿De verdad?

Si Chantal no tuviera ojos de fiebre él no estaría allí con un libro en las manos. Estaría poniendo esas manos sobre las suaves curvas cubiertas de franela... al menos lo que tardase en desnudar esas curvas.

¿Significaba eso que le gustaba Chantal? Porque nunca, jamás, había querido desnudar a una mujer que no le gustase. Sí, le gustaba. Probablemente le gustaba desde la primera vez. Pero no quería que le gustase, no quería abrirse a esa posibilidad. Era mucho más fácil clasificarla como un estereotipo: abogada ambiciosa, como Kristin, alguien que no le interesaba.

Y hasta que se le pasara el resfriado, seguiría sin interesarle. Pijama rosa bien abrochado, curvas tapadas.

Entonces vio un palo de golf y varias pelotas en el suelo. Había también periódicos sobre la mesita. El orden prusiano del día anterior había desaparecido.

Aleluya.

Vio también los cojines tirados en la alfombra y la imaginó tumbada sobre ellos, leyendo la novela de amor, despeinada, sin pijama, con las suaves curvas iluminadas por el fuego...

Un deseo tan caliente como esas llamas lo envolvió entonces. Quería tocar su pelo, quería acariciarla delante de la chimenea, quería hacerla arder.

—Ah, creí que te habías ido.

Quade sacudió la cabeza para borrar aquellos pecaminosos pensamientos. Chantal estaba en la puerta de la cocina, mirándolo con expresión rara.

—No esperaba visita, por eso la casa está hecha un asco.

—Me gusta más así.

—Ah.

Evidentemente, no era la respuesta que ella esperaba. Cuando vio que tenía el libro en las manos se puso nerviosa y cambió el peso del cuerpo al otro pie. Un gesto entrañable, como de niña.

Y entonces Quade sintió que el deseo se transformaba en otra sensación. Mucho más peligrosa.

Maldición. Debería haberse marchado cuando tenía oportunidad.

—Estaba leyendo cuando llegaste —explicó ella, como si hiciera falta alguna explicación.

—¿No estabas trabajando?

—Es domingo.

–El domingo pasado estabas jugando al golf.

–Por la noche, no.

«Por la noche». Tres palabras que conjuraban todo tipo de imágenes.

–He puesto agua a calentar. ¿Quieres un té? ¿O un café?

–Debería irme. No quiero perderme *Harry, el sucio*.

–¿La ponen en la tele?

–Sí –contestó Quade–. No me digas que te gusta Clint Eastwood.

–¿Cómo que no? «Vamos, chaval. Alégrame el día» –citó ella, sonriendo.

Quade no sabía si su libido estaba gastándole alguna broma, pero no le pareció que estuviera recitando la frase de una película. Sonaba... muy sugerente.

Pero daba igual porque iba a marcharse antes de hacer algo que lamentase después. Como, por ejemplo, «alegrarle el día».

–Normalmente diría que es un clásico que uno no se debe perder, pero tienes que exprimir limones para que se te quite el resfriado.

–¿No vas a hacerlo tú? ¿Qué clase de vecino eres?

Durante unos segundos, Quade se perdió en sus ojos. Y entonces vio que se mojaba los labios con la punta de la lengua.

–Yo diría que un vecino muy enfermo.

–¿Te lo he pegado? –exclamó ella entonces–. Lo siento. La otra noche...

–¿Cuando te besé?

–Sí.

–No me has pegado el resfriado. Me refiero a enfermo... porque te veo con ese pijama y solo pienso en quitártelo.

Ella debió respirar profundamente porque la franela rosa se levantó en la zona del pecho.

Quade no quería hacerlo, no debía hacerlo, pero no pudo evitar mirar hacia allí. ¿Cuándo se había convertido esa franela en la tela más erótica del mundo?

No, no, y no.

Nervioso, dio un paso atrás. Y luego otro. No quería ni pensar en ello. Ni siquiera quería pensar en darle un masaje con «Vicks VapoRub».

–Tómate un par de pastillas y métete en la cama. Y no te levantes hasta que estés mejor.

–Pero tengo que...

–¿Ir a trabajar? ¿De verdad? Tu exagerado compromiso con el trabajo es lo que te ha puesto enferma –la interrumpió él, irritado–. ¿Qué quieres, acabar en el hospital?

–No estoy tan enferma. En realidad, es solo...

–¿Y qué pasará el próximo sábado? ¿Estarás bien para la boda o quieres darle un disgusto a Julia?

Chantal apretó los labios y Quade asintió con la cabeza, satisfecho de haber dicho la última palabra. Pero cuando abría la puerta, decidió asegurarse:

–Y llama a tu hermana para decirle que estás bien.

Capítulo Siete

¿Llamar a su hermana? Lo que Chantal quería hacer era retorcerle el pescuezo.

Pero en lugar de hacerlo exprimió varios limones mascullando insultos contra las hermanas y los vecinos.

Menuda cara ir a su casa, así, sin avisar.

¿Por qué le había recordado su obligación para con Julia el sábado siguiente? ¿Quién se creía que era? Por supuesto que no iría a trabajar si se encontraba enferma. Ella no era ni una mártir ni una cría, aunque su gusto en pijamas afirmase lo contrario.

Pero a Quade no parecía haberle disgustado su elección. Todo lo contrario.

Frunciendo el ceño, Chantal añadió miel al zumo de limón.

O quizá había malinterpretado lo que dijo. Quizá quería que se quitase el pijama porque le parecía horroroso... y esa era la razón por la que hubiese querido retorcerle el pescuezo a Julia. Por enviar a Quade a su casa sin avisar, por no darle tiempo para arreglarse.

Apoyándose en la repisa, tomó un sorbo del zumo y estuvo a punto de escupirlo. Muy agrio.

De todas formas, había sido un detalle por su parte dejar lo que estaba haciendo para llevarle los limones, aunque no se hubiera quedado el tiempo suficiente para hacer el zumo.

Porque temía acabar besándola.

Chantal sintió un escalofrío. No, no había malinterpretado las palabras de Cameron Quade. Él había confirmado que la deseaba, a ella, Chantal Goodwin, famosa repelente de hombres.

Aquello la hizo sentir confianza y era, además, el mejor remedio para su resfriado. O eso o funcionó el zumo de limón con miel porque a la mañana siguiente se levantó sintiéndose casi recuperada. No le dolía la garganta, no le dolía la cabeza... pero cuando vio el cielo gris decidió no arriesgarse. Podía trabajar desde casa, se dijo.

Pero se pasó las siguientes cuarenta y ocho horas mirando el teléfono mientras repasaba los contratos.

El teléfono solo sonó seis veces: dos llamadas de la oficina y cuatro de su hermana Julia... y la desilusión empezó a pesar sobre ella como las nubes grises en el cielo.

Estaba convencida de que Quade llamaría para ver cómo estaba. Quizá no le importaba lo más mínimo, quizá solo había ido porque Julia lo llamó o porque se sentía obligado como vecino. Quizá le había contagiado el resfriado y estaba en la cama.

Y quizá las pastillas para el resfriado la estaban volviendo loca.

El miércoles amaneció con un cielo azul sin nubes. Y sin nubes, las dudas desaparecieron.

Chantal empezó a canturrear mientras se vestía para ir al bufete. Si salir de casa le sentaba tan bien, ¿cómo le sentaría ir a visitar a Quade?

Después de todo, era su vecino. Sin nadie que se ocupara de él excepto unos tíos cuya vida consistía en trabajar y acudir a eventos sociales.

Estaría bien ir a verlo y actuar como una persona adulta y no una cría. Le gustaba mucho Quade, disfrutaba de su compañía, definitivamente quería probar otro beso, así que, ¿por qué no hacía algo al respecto? ¿Por qué esperaba que él diera el primer paso?

Porque ella no sabía qué hacer.

Pero debía tomar una decisión. Además, le apetecía enfrentarse a un reto. Iba a hacer algo radical, diferente.

Por lo tanto, descartó el aburrido jersey gris y se puso una brillante camisa roja. Se pintó los labios del mismo color y sintió que su corazón se ponía a bailar salsa.

Iría a verlo después de trabajar para decirle que ya estaba recuperada del todo y que quería comprobar si podría haber algo entre ellos. Si eso no era algo radical del todo, ¿qué podría serlo?

* * *

Siguió el sonido de la música hasta el garaje y lo encontró arreglando el MG... debajo del coche para ser más exactos. Desde la puerta podía ver unas botas de trabajo y un par de piernas envueltas en unos pantalones vaqueros.

Como Quade no la había oído llegar se quedó mirándolo un rato, disfrutando del panorama.

Entonces oyó un golpe metálico seguido de una maldición. Chantal dio un paso atrás cuando vio que él deslizaba el cuerpo hacia delante.

Iba a aclararse la garganta para anunciar su presencia cuando vio que se le subía la camiseta, dejando al descubierto un estómago plano, con una fina línea de vello que se perdía bajo la cinturilla del pantalón.

Oh, cielos.

Se puso colorada y le tembló todo al pensar en tocarlo allí... con los labios.

Otro golpe metálico, varias maldiciones más y, de repente, Quade salió de debajo del coche. Al verla, se levantó de un salto.

—¿Lo estás pasando bien?

Chantal se pasó la lengua por los labios.

—Tenía una buena panorámica.

—¿Ah, sí? ¿Tan buena como la que yo tenía desde abajo? —preguntó él, limpiándose las manos con un paño.

Instintivamente, Chantal se pasó las manos por la falda.

—No podías ver nada.

—Eso no es justo, ¿no?

–No sé por qué. Tú llevas vaqueros, así que yo tampoco he visto nada.

–¿Has ido a trabajar?

–Sí. Iba para casa.

–¿Tan temprano?

–Es que esta noche tenemos el ensayo de la ceremonia. Dentro de una hora –contestó Chantal. Y aquella era la ocasión para explicar su visita–. Como no sabía nada de ti, he venido para ver cómo estabas. Por si acaso te había pegado el resfriado, ya sabes.

–Estoy bien. Y tú tienes mucho mejor aspecto.

–¿Que la última vez que me viste? Eso no es muy difícil –contestó ella, recordando el pijama y la nariz roja.

Quade la miró de arriba abajo como si pudiera ver a través de la ropa.

–Bonita camisa. Y esa falda me gusta mucho.

«¿Porque la llevaba el primer día?» «¿El día que me vio y decidió que estaba interesado?»

–Gracias.

–Pero también me gustas mucho con el pijama rosa... y nada más.

Ah, claro. Ella pensando en el detalle de los limones y él pensando que no llevaba nada debajo del pijama. Chantal lo intentó, pero no se le ocurría ninguna frase ingeniosa. Y menos cuando Quade dio un paso hacia ella.

–¿Es la preocupación por mi salud la única razón por la que has venido a visitarme?

Chantal no se dio cuenta de que había dado

un paso atrás hasta que chocó contra algo duro. El coche, el deportivo rojo.

–Pues...

–¿O has venido por algún otro motivo oculto?

¿Esperaba una respuesta? ¿Esperaba que dijese algo teniendo su fantasía erótica a unos centímetros? Entonces él puso las manos sobre el capó del coche, aprisionándola, y su corazón se puso a dar saltos.

–Estás nerviosa.

«Y tú eres muy intuitivo».

Quade alargó la mano hacia la cinturilla de la falda y Chantal decidió ayudarlo. Si quería quitarle la camisa, ella no pensaba discutir. Entonces Quade le puso el móvil en la mano. Había olvidado que llevaba el móvil enganchado a la falda...

¡Y ni siquiera lo había oído!

–Te llaman.

Era Julia, como siempre, pero al menos el soliloquio de su hermana le dio tiempo para recuperar la compostura. Eso y que Quade se apartó para ponerse a mirar repuestos de coche.

Maldición.

Y pensar que había estado a punto de jugar con sus «repuestos». Aquella vez habría matado a Julia.

Una palabra, un nombre, devolvió su atención a la llamada.

–¿Quade no contesta al teléfono? –repitió–. No sé, voy a preguntarle si quiere hablar contigo.

–¿Dónde estás? –preguntó su hermana.

–¿Ahora mismo? En su garaje.

–¿Está él ahí?

–Sí, está aquí.

Chantal le ofreció el móvil. Si no quería hablar con Julia, era su problema. Pero contestó. Y empezó a reírse de algo que Julia había dicho. Y Chantal sintió una punzada de celos.

¿Celosa de su hermana? ¿De su hermana, que estaba a punto de casarse?

Mientras sacudía la cabeza ante tal irracionalidad, vio que Quade se ponía tenso.

–No, me temo que no. ¿No hay otra persona que pueda...? –empezó a decir, pasándose una mano por la cara–. Muy bien. De acuerdo.

Entonces levantó la cabeza para mirarla, su expresión tan intensa que Chantal se quedó sin respiración.

–Vale, pero pienso cobrarme la deuda.

¿Qué deuda? ¿A qué se refería? Entonces se dio cuenta de que seguía hablando con Julia, aunque mirándola a ella. ¿De qué estarían hablando?

–Pensé que no querías hacer nada que no te apeteciera.

–No es nada importante –dijo Quade, devolviéndole el móvil–. Solo tengo que ocupar el puesto de tu hermano esta noche. Julia no sabía a quién pedírselo.

Tendrían que ensayar juntos, escuchar votos y promesas... Chantal maldijo a su hermana por ponerla en aquella situación.

–Podrías haberle dicho que estabas ocupado.

Quade seguía apoyado en el coche, con los brazos cruzados, pero la miraba con un brillo extraño en los ojos.

–¿Quién ha dicho que no quiera hacerlo?

–Pensé que...

–A cambio me invitan a cenar.

¿Era eso lo que Julia le había propuesto? ¿Sin contar con ella?

–¿Y yo no tengo nada que decir?

–Solo si lo haces rápidamente. Tienes que venir a buscarme dentro de media hora y supongo que querrás cambiarte de ropa.

–¿Ah, sí? ¿Y qué quieres que me ponga?

Quade sonrió.

–Algo que sea fácil de quitar.

Quade hizo el papel de Mitch en el ensayo con toda seriedad. Silencioso, tenso. Durante la cena en el pub de Clifford estuvo extrañamente callado, pero ¿quién podía intervenir en una conversación con Kree y Julia de por medio? Por no hablar de las interminables aventuras de Bill, el padrino.

Bill estaba sentado a la izquierda de Chantal y no dejaba de mover los brazos mientras relataba sus expediciones por el sur del país. Eso significaba que ella estaba pegada a Quade. Y a punto de explotar.

Si él no se hubiera ofrecido voluntario para pedir otra ronda de copas lo habría hecho ella para salir de allí.

Pero cuando lo vio apoyado sobre la barra, charlando con la camarera... y riéndose con ella, Chantal apretó los labios, furiosa. Sentía un deseo imperioso, incontrolable por aquel hombre. ¿Qué hacía riéndose con la camarera?

Entonces alguien se sentó a su lado en la barra. Ese «alguien» era Prudence Ford.

–Ve a rescatarlo –le dijo Kree–. En este bar hay muchos buitres.

Chantal se dio cuenta entonces de que había olvidado una pieza fundamental de información sobre Cameron Quade: que no era solo irresistible para ella. Atraía a las mujeres como la luz a las polillas.

¿Cómo iba a sentirse atraído por ella?

«Una pregunta fácil para una chica tan lista como tú, bonita».

¿No había sugerido que se pusiera algo fácil de quitar? Chantal miró sus vaqueros y la camisa blanca abotonada hasta el cuello. Había dejado la cama llena de ropa, pero no quiso ponérselo demasiado fácil.

Si quería algo fácil, que se quedara con Prudence Ford. Esa mujer sabía lo que quería de un hombre e iba por ello.

«Como tú te habías prometido esta mañana, Chantal». «Como habrías hecho tú esta tarde en el garaje, encima del coche de Quade».

¿Qué había cambiado desde entonces?

Debía reconocer la verdad. En la iglesia, durante el ensayo, había sentido algo al mirarlo. Algo que trascendía el deseo. Mientras oía a su hermana pronunciando los votos, quiso ese momento para ella. Quería oír esas palabras de amor y fidelidad, de compañía y compromiso.

Quería mirar los ojos verdes de Quade y oír aquellas palabras saliendo de su boca.

Quería algo más que sexo de Cameron Quade; lo quería todo.

Así era. Lo había admitido por fin. Pero tuvo que obligarse a sí misma a respirar. Normalmente, reconocer una verdad la llenaba de paz, pero no en aquel momento.

Cuando miró hacia la barra, vio que Zane lo había rescatado y sintió un pellizco en el estómago.

Tenía que marcharse de allí. Cuanto antes.

Con una sonrisa falsa en los labios se levantó, inventó una excusa sobre el trabajo, tomó el bolso y prácticamente salió corriendo hacia la puerta.

Ella le llevaba treinta segundos de ventaja. Cuando la vio en el aparcamiento, iluminada por el neón azul del pub, se le ocurrieron doce frases desagradables.

Desde: «¿pensabas dejar que volviera andando a casa?» a: «¡Empieza a desabrocharte esa maldita camisa ahora mismo!»

Pero entonces vio que Chantal dejaba caer los hombros, abatida. Le habían dado un golpe a su coche, en la portezuela.

–Vaya.

–¿Vaya? ¡A mí se me ocurre algo mucho más feo! –exclamó ella.

–A mí me pasó lo mismo hace poco. Me dieron un golpe en la aleta.

–¿Y qué hiciste?

–Acudir al seguro.

–Ya, claro –murmuró Chantal, furiosa.

–Dame las llaves. Conduciré yo.

–Nadie conduce mi coche, lo siento.

–Conduces demasiado rápido en circunstancias normales y ahora que estás enfadada... Prefiero no arriesgarme.

–Hace una noche estupenda para dar un paseo, Quade –replicó Chantal, irritada.

–¿Eso es lo que esperabas cuando saliste corriendo del bar?

–No lo pensé, la verdad.

–Ah, gracias por pensar en mí. Anda, dame las llaves.

–Ya no estoy enfadada. Y soy una buena conductora.

–Conduces demasiado rápido.

–¡Eso no es verdad!

–¿Ah, no? ¿Y cuando adelantamos a ese camión en la colina Quilty? Dime una cosa, Chantal, ¿todo es un concurso para ti?

El énfasis que había puesto en aquel «todo» era deliberado. Como la forma de mirar sus labios mientras ponía la mano sobre su hombro. Quade sintió el temblor de la carne femenina, como sintió su propia respuesta.

Entonces le quitó las llaves de la mano.

–Y antes de que empieces a darme razones para que no conduzca yo, juro que no piso demasiado el acelerador y que solo he tomado una copa de vino en toda la noche.

Capítulo Ocho

Diez minutos después, Chantal no pudo soportar más el silencio. Podría haber puesto música, pero no quería que Quade pensara que seguía enfadada. Eso sería mezquino. Aunque, en realidad, estaba enfadada y no solo por el golpe que le habían dado en el coche.

Cuando salió del pub seguía dándole vueltas a la cabeza sobre su reciente descubrimiento.

Sería mejor hablar que volverse loca, decidió. Además, quería saber cosas de Quade y debía distraer su imaginación.

¿Seguiría deseando quitarle la ropa?

Horror. De verdad tenía que dejar de pensar en eso.

–¿Puedo hacerte una pregunta personal?

–Esa frase solo precede a una pregunta impertinente –replicó Quade.

Pero estaba sonriendo. Eso era bueno.

Él hizo entonces un gesto con la mano. Una mano grande, de dedos largos, muy expresiva. Chantal la recordó sobre su hombro y la imaginó sobre su piel desnuda...

Y tuvo que carraspear para volver al mundo real.

–Estaba pensando en tu MG. ¿Ya funciona?

–Más o menos –sonrió él–. Pero no pienso dejarte conducir ese juguete. En la vida.

–¿Porque conduzco demasiado rápido?

–Sí.

Chantal ni siquiera se molestó en ofenderse porque intuía que había más. Mucho más.

–Era el coche de mi padre –dijo Quade entonces–. Se pasó años arreglándolo, cuidándolo. ¿Has oído hablar de la cuarta regla de la restauración?

–No que yo sepa.

–El tío que tiene la pieza que necesitas desesperadamente la vendió ayer.

–Suena como la Ley de Murphy.

–Son primas hermanas.

Sus ojos se encontraron durante un segundo, sonrientes, disfrutando de la ironía.

–Mi padre perdió la alegría de vivir cuando murió mi madre y dejó de preocuparse por el coche. Y a mí me ofrece algo que hacer mientras espero los planes de tu hermana para el jardín. He decidido terminar el trabajo por mi padre. Como un...

No terminó la frase.

–Un homenaje –dijo Chantal, emocionada–. ¿También es por eso por lo que vas a arreglar el jardín? ¿Por tu madre?

Quade volvió a mirarla entonces, con calidez. Una calidez que se agarró al corazón de Chantal como un abrazo.

–Supongo que quiero que todo siga como antes. No sé qué dice eso de mí... seguramente que no soy bueno haciendo casi nada.

–O simplemente que echas de menos a tus padres.

Él se encogió de hombros, incómodo o quizá avergonzado. El abrazo que Chantal había sentido en su corazón se hizo más firme.

Estaba metida en un buen lío y lo sabía, pero le gustaba demasiado.

–¿Algún otro plan?

–La finca. Estoy pensando en hacer algo.

–Podrías volver a ponerla en marcha. Tienes gallinas, ¿no?

–Si pudiera descubrir dónde ponen los huevos –rio Quade.

–¿Has pensado en uvas?

–¿Por qué lo dices?

–Porque las cepas crecen bien en esta región y hay mucho mercado para el vino. Pero hay que conocer el negocio.

–Tú pareces conocerlo.

–Sí, eso «parece» –sonrió ella. Sabía algo de casi todo, excepto del asunto de «quitarse la ropa»–. He trabajado para la cooperativa vitivinícola de Clifton, pero nada más.

–¿Y las uvas dan buenos beneficios?

–James es el que sabe de eso. James Harrier –explicó Chantal–. El director de la cooperativa. Te lo presentaré el día de la boda.

Hablaron sobre los preparativos de la boda de Julia, sobre los invitados... y poco después estaban en casa.

Chantal siguió hablando porque sabía que si dejaba de hacerlo llegaría el «¿y ahora qué?» tan temido.

Pero había llegado.

Envueltos en la oscuridad del coche, el ambiente era muy íntimo. Chantal cerró los ojos y oyó el canto de un pájaro nocturno mientras respiraba el aroma de su colonia masculina. Entonces oyó que se movía en el asiento. Pero no estaba mirándola, lo habría notado.

Sin abrir los ojos, lo imaginó apretando el volante mientras miraba hacia el jardín.

–No he hecho esto en muchos años.

–¿Hablar a oscuras en un coche? –preguntó ella, abriendo los ojos–. ¿Solías hacerlo a menudo?

–Hablar no –contestó Quade, volviéndose lentamente.

Chantal imaginó aquel mismo movimiento en la cama, su cabeza oscura en contraste con la sábana blanca, aquella sonrisa seductora...

Con un movimiento tan practicado y tan seductor como esa sonrisa, Quade levantó el brazo para apoyarlo sobre el respaldo del asiento.

–¿Nunca te has besado con un hombre en un coche?

–No.

–Pues este es el momento –murmuró él, inclinándose despacio, muy despacio, para besarla en la frente. Fue apenas un roce, pero cuando deslizó los labios para besarla en la sien, el deseo empezó a quemarla por dentro.

Quade se apartó entonces repentinamente.

–¿Ya está?

–No, todavía no –contestó él, acariciando sus labios con un dedo.

Chantal deseaba que la tocase por todas partes. Sin aliento, imaginó ese dedo tocando su garganta, bajando por la curva de sus pechos, apretando sus endurecidos pezones.

Con un gemido de impaciencia, lo agarró del jersey para buscar sus labios, invitándolo sin reservas. Y pasaron de contenida exploración a pasión sin barreras en un segundo, con un solo roce de su lengua.

Inspirada, Chantal lo siguió, aprendió de él. Cuando se apartó, ella tomó el mando, hundiéndose en la caverna de su boca, sintiendo el suave filo de sus dientes. Una desconocida sensación de poder femenino explotó dentro de ella al notar la tensión del hombre.

Quade inclinó la cabeza para besar su garganta y el roce de los labios masculinos en la delicada piel la emocionó.

–Si era así de bonito, lamento habérmelo perdido –dijo, casi sin voz.

Quade emitió una risita ronca, suave como el terciopelo.

–Si llevabas camisas como esta, abrochadas hasta el cuello, no me extraña que te lo perdieras.

–No creo que mi ropa tuviera la culpa –murmuró Chantal con voz ronca.

¿Cómo no iba a ser ronca si él estaba desabrochando los botones de la camisa?

—¿No?

—¿Te acuerdas de mí cuando era adolescente? Era un repelente para hombres.

Quade dejó de hacer lo que estaba haciendo y Chantal lamentó haber sonado autocompasiva.

—Recuerdo que eras bastante insoportable.

—Sí, bueno, intentaba llamar tu atención. La virgen inepta, loca por un chico mayor que ella, esa era yo.

Quade se quedó silencioso y ella apretó los labios, horrorizada. ¡Le había dicho que era virgen!

«Tonta, eres tonta».

No podía mirarlo, no sabía qué decir. Quade no hizo ninguna broma, no se rio del asunto.

—Y creo que esa era una información que la ocasión no demandaba —murmuró Chantal por fin.

Sintió entonces que él la miraba fijamente.

—¿Y sigues siendo...?

—¿Virgen? Técnicamente, no.

—¿Te importaría explicarme eso?

No, no tenía ganas de explicar nada, pero ella misma se había metido en el agujero.

—No hay mucho que contar. Mi currículum sexual consta de una experiencia bastante vulgar. Fue corta y no muy agradable. Qué sorpresa, ¿eh?

—Desde luego... pero ya no me extraña nada. Llevas sorprendiéndome desde que volví a casa.

Esa admisión la sorprendió también a ella.

—¿Y eso es bueno?

—Sí y no –rio Quade–. Volví a casa para poner mi vida en orden. No quiero confusiones, no necesito complicaciones.

—Pues podrías haberlo pensado antes de desabrocharme la camisa –replicó Chantal, desafiante.

Cuando él no contestó, se cerró la camisa, decidida.

—El sexo no tiene por qué ser complicado. Si los dos sabemos a qué estamos jugando, claro.

Estupendo. Él sabía bien lo que quería mientras ella... ella una persona insegura, con el corazón lleno de absurdas esperanzas. Y, además, tenía su orgullo.

—¿Crees que porque no tengo experiencia no sé lo que eso significa?

—Dímelo tú, Chantal. Mírame a los ojos y dime que esto es solo sexo. Dime que no sigues enganchada a un amor adolescente, que no te imaginas vestida de novia.

—Ya sabes cuál es mi opinión sobre el matrimonio. Pensé que era parecida a la tuya.

—¿Por qué no te has casado, Chantal? ¿A qué estás esperando?

Podía decirle la verdad: «Nadie me ha hecho sentir que merecía la pena. Nadie me ha hecho sentir como tú».

O podía mentir.

Levantando la barbilla, lo miró directamente a los ojos.

—Si crees que estaba esperándote, eres un engreído. Además, pensé que no volvería a verte nunca.

—Esa no es una respuesta.

—¿Quieres un sí o no? Muy bien, sí. Quiero acostarme contigo. ¿Eso es lo que querías oír?

—Solo quiero saber la verdad, Chantal.

—¿Y cómo sabrás que es la verdad? Como has dicho más de una vez, soy abogada. Una abogada que ni siquiera sabes si te gusta.

—Claro que me gustas —dijo Quade—. Esta tarde, en el garaje, me gustaba mucho cómo me mirabas. Esta noche durante la cena, cada vez que nuestras piernas se rozaban, me gustabas un poco más. Y ahora mismo, cuando estábamos besándonos, me gustabas muchísimo.

Ah. Chantal sintió un peso en el corazón. Todo aquello era algo físico. No le gustaba, quería acostarse con ella. Solo la quería por el sexo. Para un revolcón.

¿Podría aceptar eso y nada más sabiendo que estaba medio enamorada de él?

Insegura, se mordió los labios, pero Quade le ahorró una respuesta.

—Depende solo de ti. Y cuando dejes de morderte los labios, ya sabes dónde encontrarme.

Desde que volvió a casa le remordía la conciencia. A veces pensaba que era la influencia de su madre, otras se sentía culpable por no haber visto lo que había delante de sus ojos, en su propia casa, en su propio dormitorio. Todo por-

100

que estaba demasiado concentrado en su carrera.

La conciencia, la necesidad de hacer lo que tenía que hacer, las obligaciones... fuera cual fuera la razón, se encontró vestido de esmoquin en el jardín de Julia y Zane O'Sullivan el sábado por la tarde.

Zane le había pedido que fuera un poco antes porque quizá tendría que hacer de testigo, si Mitch no aparecía.

Pero Mitch había aparecido. Con expresión distante, incómodo. Como si hubiera preferido estar nadando entre tiburones.

Quade lo entendía.

Incómodo, raro, confuso. Como él se había sentido durante el ensayo. Y eso sin la complicación extra de la hermana de la novia.

No era virgen, pero como si lo fuera. Enamorada de él cuando era una cría... Aquella revelación lo hacía sentir incómodo, con ganas de marcharse. Y aquel sería un buen momento, antes de que llegaran todos los invitados.

Pero salir corriendo era una cobardía. Además, las cosas no podrían ir a peor. ¿Qué podría ser peor que la charlita en el coche?

La respuesta llegó tres minutos más tarde, cuando Chantal salió corriendo de la casa.

Quade se quedó mirándola, atónito. ¿Eso era un vestido de dama de honor? ¿En las bodas no existía la regla de no robar atención a la novia? Ningún hombre podría apartar la mirada de aquellas curvas cubiertas de encaje rosa.

101

Ella estaba mirando a Mitch y no lo vio enseguida. Afortunadamente. Quade necesitaba recuperarse.

Aun así, no pudo dejar de mirarla mientras le arreglaba la corbata a su hermano. Cuando Chantal lo vio su sonrisa desapareció, pero se acercó a él con la cabeza bien alta.

¿Llevaba sujetador debajo del vestido? No podía verlo... y estaba mirando fijamente. Además, no podía caber nada entre aquel vestido ajustado y su piel. Desde el escote hasta las rodillas, el encaje parecía acariciar cada contorno...

Cuando ella se tocó el escote, Quade se dio cuenta de que estaba mirando demasiado fijamente. Y lo supo más claro cuando la miró a los ojos.

–¿Qué?

–¿Ese vestido es legal?

–No debería serlo –contestó Chantal. Parecía irritada con el vestido, no con él.

–¿No ha sido elección tuya?

–Kree y Julia lo eligieron por mí.

Quade pensó que debería invitarlas a una copa algún día.

Entonces alguien la llamó desde la casa.

–Tengo que irme.

–Es un vestido precioso. Solo podrías estar más guapa sin él.

Chantal abrió los labios para emitir un sorprendido «oh» y su cuerpo reaccionó de inmediato. ¿Cuántas veces había recordado el beso en el coche, ¿cuántas veces había imaginado esos labios acariciando su cuerpo?

Mientras se pasaba una mano por la cara, Quade vio cómo se ajustaba el vestido a la curva de su trasero y dejó escapar un suspiro.

Iba a ser una tarde muy, pero que muy larga.

Capítulo Nueve

Seis horas más tarde, seguía encadenado a ese vestido... o a la mujer que lo llevaba. Kree llevaba el mismo atuendo, pero en ella solo era un vestido, no una tortura.

En ese momento Chantal estaba bailando con alguien... el sexto compañero de baile, en realidad. No debería haberlos contado, pero así era. No podía soportar que otro hombre la tocase.

–Siempre podrías pedir un cambio de pareja –sugirió Kree.

Sí, y también podría tragarse el orgullo y meterla en el coche para llevarla a casa. Pero le había dicho que debería ser ella quien diera el primer paso, cuando solo hubiera sexo detrás de aquellos ojos de color café.

Chantal pasó a su lado de nuevo, moviendo seductoramente las caderas al ritmo de la música. Cuando su compañero de baile deslizó la mano por su espalda, Quade tuvo que apretar los dientes.

–James es un buen cliente. No le hagas mucho daño –rio Kree.

–Un centímetro más y se queda sin mano.

Cuando la oyó reír, contenta, deseó que el hombre bajase la mano para poder darle un puñetazo.

Tan poco civilizada actitud era extraña en él. No le había pasado nunca.

Antes de darle un golpecito en el hombro a su acompañante, tuvo que intentar relajarse para no apretar tanto la mandíbula. Y vio el gesto de sorpresa de Chantal cuando la tomó en sus brazos. ¿De qué se sorprendía tanto?

Cuando abrió la boca para decir algo, la apretó contra su pecho. Ya habían hablado demasiado. Además, cada vez que hablaban discutían. Aquella noche no quería arriesgarse.

Durante diez minutos lo único que le importaba era la mujer que tenía en los brazos, la certeza de que sería suya. Aquella misma noche.

Se movía por la pista de baile evitando que otros hombres pidieran cambio de pareja y habría seguido haciéndolo si la orquesta no hubiese dejado de tocar.

El maestro de ceremonias tomó el micrófono para anunciar que el señor y la señora O'Sullivan estaban a punto de marcharse y Quade apretó la mano de Chantal para que no se le escapara. Ella no protestó. Solo se soltó para despedirse de su hermana.

Mientras se secaban las lágrimas una a otra, Quade tuvo un extraño presentimiento que aumentó cuando Julia se colocó en medio del salón para tirar el ramo de novia. Y se sintió enfermo cuando vio ese ramo volar por el aire.

Varias chicas intentaron agarrarlo, pero Chantal, para su infinita sorpresa, no se movió. A pesar de su naturaleza competitiva, a pesar de que seguramente Julia lo había tirado hacia ella, no había dado un paso. El ramo llegó a manos de una alta pelirroja, que lo blandía como un trofeo.

Y el presentimiento desapareció.

–¿Quieres bailar?

–Prefiero irme a casa –contestó Chantal.

–¿Estás segura?

–Sé lo que hago, Quade. Sé lo que quiero. ¿Y tú?

Él tomó su mano. La deseaba y estaba harto de no tenerla. Pero Chantal se resistió.

–¿Qué ocurre?

–La otra noche te asusté con eso de que era virgen. Quiero asegurarme de que no vuelve a pasar, de que no saldrás gritando como un poseso porque no soy lo que esperabas.

–Seguramente habrá gritos –murmuró Quade, mirando sus labios–. Pero serás tú quien grite.

Las instrucciones de Quade durante el viaje de vuelta fueron precisas: Nada de revelaciones, nada de conversaciones sin sentido.

Qué dictatorial, pensó Chantal. Pero entonces él tomó su mano para ponerla sobre su muslo y las objeciones desaparecieron. No pensaba en nada hasta que sintió cómo se tensaban los músculos bajo sus dedos.

Entonces su mente se llenó de imágenes sensuales. La caricia del raso sobre la piel desnuda, el brillo de sus ojos, esos músculos hinchándose mientras se colocaba encima, desinhibidos gritos de placer...

Sin duda podría hacerla gritar. Seguramente podría convencerla para que hiciese cualquier cosa.

Antes de que pudiera evitarlo, su corazón dio un salto al pensar en la futilidad de sus sentimientos por Cameron Quade.

–Es el mantra masculino –le había dicho Julia–. Ni intimidad, ni promesas, ni compromisos. La cosa es que no saben lo que quieren, además de sexo. Los hombres necesitan que se lo demuestres, necesitan cariño.

–¿Y si solo quiere sexo?

–¿Quieres enterarte de una vez? ¿O piensas esperar hasta que sea demasiado tarde, hasta que se haya ido?

–¿Crees que se irá?

–A menos que tenga alguna razón para quedarse...

Julia estaba en lo cierto. Cuando hubiera puesto Merindee en funcionamiento, se marcharía. Se llamaba a sí mismo ex abogado, pero Quade era un hombre acostumbrado a hacer cosas, acostumbrado a los retos. Un hombre por el que merecía la pena dejar a un lado dudas e inseguridades porque, en el fondo de su corazón, intuía que era el amor de su vida. Por esa posibilidad merecía la pena arriesgarse.

Chantal apretó un poco su pierna, sintiendo los músculos masculinos bajo sus dedos. ¿Todos sus músculos serían así? Inmediatamente se vio asaltada por una visión de músculos tensos, duros... y levantó la mano unos centímetros, pero Quade la aprisionó con la suya.

—Si quieres llegar a casa, esto no es buena idea.

El impacto de esas palabras la dejó helada. ¿Y si lo tentaba? ¿Pararía en el arcén? ¿La tumbaría sobre el asiento trasero para tomarla allí mismo?

Oh, cielos.

Tenía la piel al rojo vivo. Pero entonces pensó en lo que pasaría después, en la vergüenza, en el corte. En que la dejaría en la puerta de casa después de haber satisfecho su deseo.

No. Ella no quería que la noche terminara así.

De modo que decidió comportarse... al menos hasta que llegasen al dormitorio.

El dormitorio de Quade. Le gustaba estar allí. Le gustaba, pero estaba tan nerviosa que sintió náuseas y tuvo que ir al cuarto de baño.

Llegar hasta allí había sido relativamente fácil. Durante el resto del camino, Quade había apretado su mano, acariciando su muñeca con el pulgar. Eso hizo que se relajara un poco.

Cuando llegaron a casa, la tomó de la mano y ella se concentró en pequeñas cosas como respirar para seguir viva. Y cuando oyó el ruido de sus pies desnudos sobre el suelo de madera, soltó una carcajada.

–¿Qué pasa?

–Que me he dejado los zapatos en tu coche. Ni siquiera recuerdo habérmelos quitado.

–Es un buen principio –sonrió Quade–. Una cosa menos que debo quitarte.

Si hubiera empezado a quitárselo todo allí mismo habría sido mucho más fácil. Pero parecía tan tenso, tan distante que Chantal se asustó. Por eso salió corriendo al cuarto de baño.

El agua fresca la calmó un poco. Pero también le estropeó el maquillaje que Kree le había puesto con tanta dedicación. Evidentemente no era a prueba de agua. Tardó cinco minutos en arreglar el desastre y eso la distrajo.

–No seas tan cobarde –se dijo a sí misma frente al espejo–. Has llegado hasta aquí, no te eches atrás ahora.

Con los nervios en el estómago, salió del baño decidida a portarse como una mujer adulta. Pero cuando lo vio desnudo de cintura para arriba, cuando vio aquel torso cubierto de suave vello oscuro, cuando vio... ¡las sábanas de raso azul noche!

Chantal tragó saliva. El deseo de tocarlo era insoportable.

–¿Necesitas ayuda para quitarte el vestido? –preguntó Quade en voz baja.

–Sí –contestó ella.

–Estupendo. Ven aquí.

Con el corazón latiendo como si quisiera salirse de su pecho, dio un paso hacia él. Y al ver el brillo de sus ojos, al ver que su nuez subía y bajaba frenéticamente, supo que la deseaba. Eso era lo único importante.

Quade la colocó entre sus rodillas abiertas y, antes de que ella pudiera decir nada, apretó la cara contra su vientre. Era un abrazo tan inesperado, tan increíblemente sensual que Chantal pensó que iba a ponerse a llorar.

Cerrando los ojos, enredó los dedos en su pelo. Era muy suave. Y, curiosamente, nunca había conciliado la palabra «suave» con Cameron Quade.

—¿Nerviosa?

—Ya no.

A través de la tela notaba el calor de sus labios, de sus manos.

—Me encanta este vestido, pero tengo que quitártelo —murmuró él, deslizando las manos hasta sus caderas. Nada más decirlo se lo quitó de un tirón—. Mucho mejor así, ¿no?

Cuando los labios del hombre rozaron su piel desnuda, Chantal pensó que se le iban a doblar las piernas.

De repente, Quade se tumbó sobre la cama llevándola con él. El movimiento debería haber sido suave, pero la pilló desprevenida y cayeron uno encima del otro, torpemente, riendo.

—Lo siento —murmuró Chantal, apartando educadamente el codo de su estómago.

—Yo no me quejo —sonrió Quade, que tenía las dos manos en su trasero—. Otra sorpresa.

110

Ella se puso colorada.

–Es que he tenido que ponerme un tanga con el vestido.

–Me estaba volviendo loco pensando qué llevarías debajo.

–Ahora ya lo sabes.

–Ahora ya lo sé.

Esperaba que siguieran bromeando, esperaba que él se distrajera con el sujetador, pero Quade la miraba a los ojos sin dejar de acariciar sus nalgas. Chantal deseaba apretarse contra su pecho, esconder la cara, pero él la mantenía sujeta.

–Despacio –murmuró, sonriendo–. Tenemos toda la noche.

Empezó a besarla entonces, despacio, como si quisiera que aquel beso durase hasta el amanecer, con lentas caricias de su lengua. Chantal saboreó el champán, el chocolate del postre. Y cuando mordió su labio inferior, sonriendo, el beso se convirtió en algo íntimo, especial, una mezcla de pasión y ternura.

Temblando, acarició su espalda, explorándolo mientras él desabrochaba el sujetador. Se puso nerviosa al sentir su aliento en el pecho, pero Quade murmuró una palabra de admiración y eso la tranquilizó de nuevo.

Exploraban sus cuerpos lentamente, admirándose. Con las manos y la boca, Quade descubría lugares secretos; detrás de su oreja, en su muñeca, en la curva de su espalda. ¿Cómo había aprendido a acariciar así? ¿Cómo podía no saber que sus pechos estaban reclamando atención?

Él lo sabía.

Lo sabía tan bien que cuando apretó delicadamente uno de sus sensibles pezones, Chantal tuvo que contener un gemido. El placer era delicioso.

Cuando sintió las manos del hombre apretando sus pechos, clavó las uñas en su espalda. Y al sentir la humedad de su lengua dejó escapar un grito.

Pero no era suficiente.

Entonces Quade le quitó el tanga y abrió suavemente sus piernas para encontrarla húmeda, caliente.

Ardiente de deseo.

Ah, y esas manos. Sabían cómo atormentarla y excitarla, cómo convertirla en una mujer que no había creído ser. Pero aun así no era suficiente. Quería sentirlo sobre ella, dentro de ella. Desnudo.

De repente, Quade se puso en pie. La luz de la lamparita lo iluminaba mientras se quitaba el resto de la ropa, mientras revelaba un cuerpo que la hizo desearlo más si eso era posible.

Era muy grande, estaba muy excitado y se ponía un preservativo con manos expertas. Pero antes de que Chantal pudiera pensar: «¿qué hago yo aquí y qué voy a hacer con todo eso?», Quade volvió a su lado y empezó a besarla de nuevo.

La acariciaba, buscaba lugares secretos, descubría zonas erógenas que ella desconocía...

–Por favor –murmuró, mirándolo a los ojos–. Te deseo dentro de mí. Ahora.

Los ojos verdes estaban llenos de fuego mientras la colocaba debajo de él, mientras la besaba con la boca abierta.

–Pensé que no ibas a decirlo nunca.

Y mientras Chantal intentaba absorber el irresistible impacto de esa sonrisa, lo sintió entre las piernas.

–Eres muy estrecha... –murmuró Quade, con los tendones del cuello hinchados–. Demasiado estrecha.

Ella no podía soportar el suspense, la espera ni un segundo más.

–O a lo mejor tú eres demasiado grande.

–Por favor –rio él entonces, una risa ronca–. Eres increíble.

–¿Ah, sí?

Quade se apartó un poco, pero Chantal lo retuvo para que empujase de nuevo.

–Estoy intentándolo, cariño.

–Pues vas muy despacio.

–Estoy intentando... ser considerado.

–Y yo te agradezco el esfuerzo.

Chantal levantó las caderas en silenciosa invitación, pero él seguía conteniéndose. Un escalofrío lo recorrió entonces y ella lo notó en sus bíceps, en su espalda. Y en ese momento sintió una abrumadora sensación de bienestar, unida a una incomprensible sensación de ternura.

Levantó una mano para acariciar sus labios y dijo en voz baja:

–Venga, chaval. Alégrame el día.

Quade lanzó una maldición. Y entonces se dejó ir, con fuerza, enterrándose en su cuerpo con una intensidad que la dejó sin habla. Una, dos, tres veces, penetrándola tan profundamente que nunca sería la misma.

Que nunca querría ser la misma.

–No era así como yo quería...

No pudo terminar la frase. Chantal no lo dejó porque buscó su boca para besarlo mientras lo sentía dentro.

–Quería hacerlo despacio, suavemente –insistió Quade, apartándose para hundirse en ella de nuevo–. Quería controlarme.

Repetía el ejercicio mientras decía esas palabras. Lenta, suavemente. Era exquisito. Era una tortura.

Chantal emitió un gemido ahogado cuando la tensión se volvió insoportable.

Entonces él metió la mano entre los dos para acariciarla con dedos expertos y Chantal experimentó una sensación de placer salvaje. Tanto que apenas podía respirar.

Dejó escapar un grito mientras Quade la embestía una y otra vez, con fuerza, hasta que se enterró en ella con un grito de triunfo y desesperación, un grito de alivio que resonó en el dormitorio y reverberó en su alma.

Capítulo Diez

Estaba mirándolo. Quade lo supo en cuanto se despertó, pero no le molestó en absoluto. Todo lo contrario. O quizá estaba demasiado cansado, demasiado saciado como para registrar nada más.

–¿Desde cuándo estás despierta? –preguntó, sin abrir los ojos.

–Desde hace un rato –contestó Chantal–. ¿Siempre duermes tan profundamente?

–No.

Nunca. Al menos, en los últimos meses. Sin embargo, había dormido como un tronco aquella noche, con una extraña en su cama. ¿Extraña? Solo porque su presencia le resultaba extrañamente familiar. Eso era lo extraño.

Se quedó callado un momento, esperando el típico «¿qué estoy haciendo aquí?», pero Chantal no dijo nada de eso. Entonces se volvió y la encontró mirándolo con expresión solemne.

El efecto consiguió despertarlo de golpe. Como la primera taza de café, pensó, hipnotizado por aquellos ojos castaños... o más bien por la expresión que había en ellos. Grave, sí,

concentrada, como si él fuera lo único que me-
reciese la pena mirar.

Sintiendo un peso en el pecho, levantó la
mano para acariciar su cara y tocó una piel tan
suave, tan fina que parecía transparente.

–Buenos días –murmuró Chantal con voz
ronca.

–Muy buenos días. Especialmente contigo
aquí.

–Había pensado irme, pero... estaba hecha
polvo.

¿Le habría hecho daño? Maldición. Había intentado contenerse, ir despacio, pero Chantal
hacía el amor como hacía todo lo demás: tirán-
dose de cabeza, sin tomar prisioneros.

Y era prácticamente virgen.

–Debes de sentirte un poco...

–¿Agotada? ¿Feliz?

–Iba a decir dolorida.

–Ah, eso también, pero no me importa. Son
músculos que no he usado a menudo.

–Pero...

–No te preocupes. Soy fuerte.

–Eres como algodón dulce. Y antes de que
protestes, déjame decirte que eso no es malo.

–¿Tú crees? –Quade la besó tiernamente en
los labios–. Ahora intentas distraerme.

Él enredó los dedos en su pelo, intentando
recordar cómo había empezado la conversación. No debería besarla. No debería estar pensando en empezar otra vez como debería haber
empezado por la noche: despacio. Le habría

gustado hacer el amor despacio, lánguida-
mente, tomándose todo el tiempo del mundo.

Haciendo una mueca de resignación, apartó
la mano de su pelo y se la pasó por la cara. Necesitaba una distracción o acabarían otra vez
como la noche anterior.

–¿Te apetece desayunar?

–Sí, claro. ¿Qué quieres? –preguntó Chantal,
apoyando un codo en la almohada.

–Lo de siempre: café, tostadas.

«Y a ti».

–¿Tostadas francesas, con huevo y mermelada?

–Si conoces a alguien que pueda prestarnos
mermelada...

Chantal movió la cabeza y, al hacerlo, se le
cayó una florecita del pelo.

–Kree nos puso flores en el pelo para la boda.
Aparentemente, cuando me las quité anoche en
el baño dejé alguna sin darme cuenta.

–¿Por eso tardaste tanto?

Chantal no contestó inmediatamente y
Quade contuvo el aliento. No sabía si podría soportar otra sorpresa.

–En realidad, sufrí un pequeño ataque de ansiedad.

Eso no era una sorpresa. En cuanto entraron
en casa vio la ansiedad en sus ojos.

–Yo también sufrí un pequeño ataque de pánico, pero intenté disimular.

–¿En serio?

–Pensé que ibas a salir corriendo.

–¿Y me habrías seguido por el prado?

Quade la imaginó corriendo desnuda por el prado y esa imagen no lo tranquilizó en absoluto. Y menos verse llegando hasta ella, tomándolo en sus brazos para tumbarla sobre la hierba, bajo la luna...

–Cuidado –murmuró–. Será mejor que demos un paso atrás.

–Muy bien –suspiró Chantal–. Estábamos hablando de tu ataque de pánico.

–Tú primero. ¿De qué tenías miedo?

–Inseguridad –sonrió ella–. Inseguridades. Nunca estoy segura de si debo decir esa palabra en plural o en singular. Aunque anoche, en el cuarto de baño, me sentí atacada por un millón de ellas.

El deseo de consolarla, de tranquilizarla era abrumador. Irresistible.

–¿Te importaría decirme por qué una mujer tan guapa y tan inteligente como tú se siente insegura?

–No, déjalo. Te parecería una neurótica.

Quade sonrió, pero su mirada era muy seria.

–¿No te ves como te he descrito?

–Soy inteligente, soy una mujer. Y tú me haces sentir sexy.

–¿Y guapa?

Chantal dejó escapar un suspiro.

–Mira, sé que no asusto a los niños, pero siempre he sido... la bajita, la lista, ya sabes. La que siempre tenía la nariz metida en algún libro.

–¿Steinbeck, Tolstoi?

–Lo que mejor se me daba era el colegio, así que me concentré en ello. Y se convirtió en una costumbre.

–¿Estudiar?

–El éxito –suspiró Chantal–. Empecé a evitar las cosas en las que pensaba que podría fracasar. Los deportes, las fiestas, los chicos.

–Y después de una experiencia... ¿cómo la llamaste, vulgar?

–Mira...

–Empezaste a evitar a los hombres.

–Digamos que fue una desilusión, ¿de acuerdo? No quiero hablar más del asunto.

–De acuerdo.

Podía darle un beso y olvidar el asunto. O podía hacer lo que le dictaba el corazón: intentar borrar aquellos recuerdos tristes y reemplazarlos por otras experiencias más bonitas. Qué demonios...

Quade se tumbó y la colocó sobre su pecho.

–¿Y qué tal lo hice anoche? De uno a diez.

–Un doce.

Una respuesta simple. Una sola palabra, pero la inocencia, la falta de premeditación, la honestidad que vio en sus ojos lo dejaron de una pieza. Sentía el deseo de golpearse el pecho como Tarzán.

–Doce, ¿eh? –repitió, sonriendo como un tonto.

–Me habían dicho que tú serías una clase maestra.

–¿Quién dijo eso?

–Mis labios están sellados.

–Yo sé cómo quitarles el sello –sonrió Quade, besándola en la comisura de los labios–. Puedo hacerte hablar, y gemir, y suplicar.

Entonces apartó la sábana de un tirón. El contraste entre las sábanas oscuras y su piel pálida era glorioso. Chantal lo miraba con la boca abierta, invitándolo a besarla, y él aceptó la invitación, perdiéndose en aquel beso y luego en sus ojos oscuros.

–Hala, ya lo has hecho.

–¿Qué he hecho?

–Me besas así y ya no me acuerdo de nada.

–¿Eso importa? –rio Quade.

–Probablemente no, pero no dejes que eso te detenga –sonrió ella entonces, más invitadora que nunca–. Estoy disfrutando del proceso.

–Pues relájate porque este proceso dura un rato.

–No tengo nada mejor que hacer.

–¿No tienes que ir a las clases de golf? –bromeó Quade, acariciando su estómago desnudo.

–Sí, pero se me había olvidado.

–¿Debería sentirme halagado?

–Solo si así no crece tu enorme vanidad masculina.

Él soltó una risita.

–La vanidad masculina no tiene límites. Háblame sobre mi «enorme» vanidad masculina, cariño.

Chantal levantó los ojos al cielo, riendo. Y

Quade rio también. Le sorprendía lo bien que lo pasaba con ella. Le sorprendía cada vez más.

–Si me lo pides con buenas maneras, puede que más tarde te dé unos consejos.

–¿Estamos hablando de golf? –preguntó ella–. Porque mi gran debut es el próximo viernes.

–No pareces muy preocupada.

–Cuando Godfrey me dijo la fecha me llevé un susto, pero ya no me preocupa tanto. Tú eres una distracción muy interesante.

¿Una distracción interesante? ¿Eso era para ella? Cuando la miró a los ojos, el brillo de burla que vio en ellos lo tranquilizó.

¿Qué le estaba pasando? Cinco días antes estuvo a punto de salir corriendo cuando Chantal le confesó su amor adolescente. Temía que le diera demasiada importancia a aquella aventura, que estuviese buscando algo más que una relación pasajera. Y, sin embargo, le molestaba que lo llamase «una distracción interesante».

–¿Ocurre algo? –preguntó ella–. Te has quedado muy callado.

–No, nada. Solo estaba intentando recordar qué viene ahora.

Una relación pasajera, se recordó Quade a sí mismo mientras miraba aquellos preciosos ojos castaños. Eso era para los dos. Nada más.

Durante los días siguientes compartieron mucho placer y Quade le dio varios consejos. Algunos sobre golf.

–Menuda pérdida de tiempo –murmuró, mirando el reloj.

Cinco horas esperando, cinco horas paseando por el garaje y maldiciendo hasta los azadones. ¿Dónde demonios estaba Chantal?

Una llamada de teléfono, nada más. ¿Tanto le costaba?

«Hola, estoy bien. No me he chocado contra un árbol conduciendo a toda velocidad. Hablamos más tarde».

Nada más que eso. Pero no.

Le había dejado seis mensajes en el móvil, uno en la oficina y tres en su casa. Pero ella seguía sin llamar.

¿Qué podía hacer más que esperar? Julia y Zane estaban de luna de miel y Godfrey no tenía ni idea de dónde estaba. Lo sabía perfectamente porque se había pasado tres horas en compañía de su tío, jugando un par de hoyos en el club de campo. O, más bien, intentando no dejarse convencer para entrar en el bufete. Y todo por Chantal.

Porque por la mañana había tirado la jarra de leche y quemado una tostada. Ella disimuló con bromas, pero Quade sabía que eran los nervios por el partido de golf.

Y en cuanto salió por la puerta, toda sonrisas, llamó a su tío para invitarse al partido. Quería estar a su lado para animarla.

¿Y qué había hecho Chantal? Ni siquiera apareció por el club de campo.

–Dejó un mensaje en la oficina diciendo que

no podía venir –le había dicho su tío–. Tenía algo urgente que solucionar. El trabajo es lo primero para Chantal Goodwin, por eso es un miembro tan valioso de mi equipo.

Eso no era nuevo para Quade. Aunque durante aquella semana solo había trabajado de nueve a cinco, no lo hizo por él. A veces había semanas de poco trabajo y tuvo suerte de compartir aquella.

Eso no significaba que saliera corriendo del despacho para estar con él. No significaba nada en absoluto.

Cuando a las seis no le había devuelto el primer mensaje, su irritación se convirtió en ansiedad. El partido de golf era importante para ella. Incluso practicaba los domingos para quedar bien con su tío. Incluso se empapó durante una clase para impresionarlo.

¿Dónde podía estar? Chantal no abandonaba nunca, no se rendía jamás.

Entonces, ¿dónde estaba? ¿Qué podía haber más importante que ese partido de golf?

El teléfono sonó cuando estaba en la ducha y ni siquiera se molestó en ponerse una toalla.

Y cuando oyó su voz, sintió un alivio que lo dejó sin aire en los pulmones.

–¿Dónde demonios estás? ¿Por qué no has ido al club de campo esta tarde?

Ella no contestó inmediatamente y Quade la imaginó con el ceño fruncido.

–¿Cómo lo sabes?

–¡Porque estaba allí, maldita sea! ¿Dónde estás tú?

–Estoy en Sidney. Es una historia muy larga y...

–Pues entonces cuéntame la versión corta.

–Muy bien –replicó Chantal. Su voz se había enfriado repentinamente–. Mitch ha tenido un problema con el niño y he venido a cuidarlo.

–¿Has ido a Sidney para hacer de niñera?

–He venido a Sidney porque mi hermano me necesitaba.

–Pues a mí me parece que tu hermano tiene que hacerse mayorcito de una vez.

–¿Ah, sí? –replicó ella, sarcástica–. Eso tiene mucha gracia. Yo pensé que precisamente tú lo entenderías.

–¿Qué? ¿Que has tenido la necesidad de salir huyendo porque temías fracasar en el partido de golf?

Al otro lado del hilo hubo un largo silencio, tan espeso que casi podía cortarse. Quade se pasó una mano por la cara. ¿Qué estaba diciendo? Su miedo de que le hubiera pasado algo le estaba haciendo atacarla sin sentido. Y tenía que buscar una forma de pedirle disculpas.

–Chantal...

–Lo que quiero decir es que tú podrías entender por lo que está pasando Mitch desde que su mujer decidió abandonarlo. Según ella, un hijo era un inconveniente para su carrera –dijo Chantal entonces.

Aquellas palabras lo golpearon con la fuerza de una bofetada. ¿Cómo sabía ella lo de Kristin?

–¿De qué estás hablando?

–De Mitch, de corazones rotos, de un dolor que te parte por la mitad.

Estaba hablando de su hermano, no de la decisión de Kristin, pensó Quade.

–Mira, solo te he llamado para decirte dónde estoy. Por alguna estúpida razón me pareció que estabas preocupado.

–Y lo estaba.

–Ah.

Hubiera querido decir algo más, explicarle por qué había ido al club de campo, pero no por teléfono. Lo estaba haciendo desastrosamente mal y quería compensarla. Pero en persona.

–¿Cuándo vuelves a casa?

–El lunes por la mañana. Iré directamente al bufete.

–¿Vendrás aquí después de trabajar o vas a tu casa?

Con los ojos cerrados, Quade esperó una respuesta. Pero se dijo a sí mismo que daba igual. Si no iba a casa, iría él a la suya y la convencería para que lo escuchara.

–Muy bien.

–Muy bien –repitió él, sintiéndose como un condenado a muerte que acaba de recibir la conmutación de su pena–. Nos veremos entonces.

Faltaban tres horas para que llegase... si terminaba de trabajar pronto, si no tenía que hacer horas extra por haberse marchado temprano el viernes, si no decidía hacerlo sudar. Y estaba tan nervioso como un crío.

Sacudiendo la cabeza, Quade volvió a meterse debajo del coche. Era una forma de pasar el tiempo. Además, era un incentivo no solo por ser el MG de su padre, sino porque Chantal había demostrado interés.

No interés histórico o mecánico, ni siquiera una atracción estética por las líneas del deportivo rojo.

Tenía una fantasía erótica. Una fantasía que tenía que ver con su coche. No sabía de qué tipo, pero pensaba averiguarlo.

Con una sonrisa en los labios, Quade volvió a colocarse en los bajos del MG. Cuando oyó el ruido de un coche diez minutos más tarde, pensó que la fantasía se estaba volviendo demasiado real y sacudió la cabeza.

Pero entonces oyó sus pasos en el garaje y su corazón empezó a dar saltos. Aquello no era una fantasía... era real. Chantal estaba allí. Aunque era demasiado temprano. Pero enseguida imaginó que lo echaba de menos, que estaba deseando verlo.

Y esperaba que llevase falda. Porque pensaba descubrir cómo era esa fantasía erótica en aquel mismo instante.

Cuando Chantal llegó a la puerta del garaje, él ya estaba de pie y limpiándose las manos con un paño.

Pero en cuanto la vio supo que no estaba de

humor para fantasías eróticas... a menos que fueran violentas.

Estaba nervioso, pero intentó sonreír.

—¿Serviría de algo explicar por qué estaba tan enfadado por teléfono?

Chantal lo fulminó con la mirada.

—Serviría de algo si me explicas qué hacías el viernes en el club de campo con Godfrey.

Capítulo Once

–Intentaba ayudarte.

Chantal solía ser una persona tranquila y calmada, pero empezó a salirle humo por las orejas cuando Quade se encogió tranquilamente de hombros. Estaba realmente furiosa cuando le quitó el paño de las manos.

–¿Ofreciéndole consejo a Godfrey? ¿Recomendándole que envíe a sus clientes a otro bufete de Sidney? ¿Así es como pensabas ayudarme? –le espetó, sin esperar respuesta–. Porque a mí me parece que más bien estabas ayudando a uno de tus antiguos colegas, Andrew McKinley. ¿Te suena ese nombre?

Quade levantó la cabeza, con expresión dolida. Y eso le gustó. Le gustó mucho porque quería hacerle daño.

–Claro que has oído ese nombre. Después de todo, tú lo recomendaste.

–Godfrey me pidió consejo sobre una situación hipotética y yo se lo di. ¿Quieres decirme cuál es el problema?

–¡Que ese es mi cliente! ¡Mi caso!

No un caso hipotético, sino Emily Warner.

Los ojos de Chantal se llenaron de lágrimas y tuvo que apartar la mirada antes de poder continuar.

—No tenías derecho a interferir.

—Espera un momento...

—¡No pienso esperar nada!

—¿No crees que deberías hablar de esto con tu jefe?

—Lo he hecho. Pero mi jefe tiene un sobrino que es un abogado internacional... perdón, un ex abogado internacional, y su palabra es el Evangelio.

—Yo solo le dije lo que pensaba —replicó Quade.

—¿Durante un partido de golf? ¡Por favor, no sabías de qué estabas hablando!

—Sabía lo suficiente como para discernir que era un caso complicado, que debía ser tratado por alguien con experiencia. Le di esa opinión y la mantengo.

—No crees que yo pueda hacerlo, ¿verdad? —preguntó Chantal—. Como siempre.

—Si te refieres a lo que pasó en Barker Cowan, te equivocas. Entonces estabas en tercero de Derecho y...

—No confiabas en mí.

—¿No crees que es hora de olvidar eso?

Hasta que Quade volvió a su vida, pensaba haberlo olvidado. Pero él había conseguido despertar esa vieja inseguridad, las dudas sobre su habilidad profesional, aunque la voz de la lógica le decía que lo viese de otra forma. Respirando profundamente, estudió una mancha de aceite en el suelo.

–Es solo un caso, Chantal.

–¡Solo es el caso más importante de mi vida! Llevo semanas trabajando en él. Día y noche. Es el caso que he estado esperando. El que me dará prestigio profesional.

–Solo para medrar en tu carrera, ¿no?

No era una pregunta, era una afirmación. Tan fría como el brillo de sus ojos. Chantal hubiera querido decir que no, que la dejase terminar...

–¿Lo más importante no deberían ser tus clientes?

–Sí, tienes razón.

–Me alegro de que estemos de acuerdo en algo.

Los dos se quedaron en silencio, incómodos.

–¿Qué más hablaste con Godfrey?

–¿Eso es asunto tuyo?

«No te metas en esto, Chantal», se dijo a sí misma. Pero no podía evitarlo.

–Estamos hablando del bufete en el que trabajo. Sí, es asunto mío.

–No, y voy a darte un consejo –dijo Quade entonces–. No creas que voy a hablar de trabajo contigo solo porque nos acostamos juntos.

Atónita por el tono y el mensaje, Chantal dio un paso atrás. Estaba advirtiéndole que no usara su relación para conseguir información privilegiada.

La idea era absurda. Ella intentaba resolver

una situación y él acababa convirtiéndolo en una crítica personal. Qué mal pensaba de ella. El dolor era tan terrible que tuvo que dar otro paso atrás.

–No te preocupes por eso –dijo en voz baja–. No vamos a seguir acostándonos juntos.

–¿Te rindes, Chantal? ¿Te echas atrás?

Ella levantó la barbilla.

–Tú eres el experto en eso, Quade. ¿Qué crees?

–¿A qué te refieres?

–Parece que tú te has rendido mucho últimamente. Tu trabajo, tu compromiso. Toda tu vida, en realidad.

Quade apretó los labios.

–Tú no sabes nada de eso.

–Y me pregunto por qué. ¿No será porque tú no me has contado nada? ¿Porque lo único que querías compartir conmigo era la cama?

–Nunca te prometí nada más.

Pero durante la última semana, Chantal había soñado con un futuro más allá del dormitorio. Incluso se convenció a sí misma de que la había llamado el viernes porque estaba preocupado y esa esperanza la hizo volar a su casa con ilusión renovada.

Para encontrarse con la bomba de Godfrey.

El hombre del que se creía enamorada no confiaba en su capacidad como profesional del derecho y no tenía ninguna confianza en su sentido de la ética.

Con la cabeza bien alta, Chantal decidió responder a ese bocado de realidad: Cameron

Quade no le había ofrecido nada más que su cama.

—No, es cierto. No me prometiste nada más.

El orgullo la hizo salir del garaje intentando que no la viera llorar, intentando que sus movimientos no pareciesen mecánicos. El mismo orgullo la hizo salir adelante durante las siguientes semanas, llenando los días y las noches con cualquier trabajo tedioso y aburrido. Eso evitó que se lo contara a Julia y evitó que saliera corriendo a casa de Quade.

El orgullo hizo todo eso, pero la honestidad la obligó a admitir una verdad: tenía razón sobre Andrew McKinley. Para construir el mejor caso posible, para asegurar que iban a ganar el juicio, Emily necesitaba a un profesional experto como él. Desgraciadamente, Emily no lo veía así.

Incluso después de ir a Sidney para una reunión, insistía en que podían pasarse sin el arrogante abogado.

Dos semanas más tarde estaban en un impasse. Chantal acababa de enterrar la cabeza entre las manos cuando alguien llamó a la puerta.

—¿Va todo bien? —preguntó Godfrey.

—Sí, claro. Nada que yo no pueda solucionar.

—No lo dudo, pero a veces ayuda hablar de ello.

—¿Tienes una hora libre... o diez? —sonrió Chantal.

–Si no te importa hablar mientras caminas, la tengo.

Viernes por la tarde, tarde de golf.

Chantal se echó hacia atrás en la silla. Durante las últimas semanas, aquella acusación de haberse echado atrás daba vueltas en su cabeza. En realidad, cuando Mitch la llamó, estaba a punto de rogarle a Quade que fuera al club de campo para sujetar su mano.

Había sido una cobarde.

Y aquella tarde podía compensar esa cobardía. Iría al club de campo y jugaría al golf.

Golpeando el escritorio con la mano, Chantal se levantó.

–Me apetece hablar y caminar a la vez. Gracias, Godfrey.

«Espero que ninguno de los dos lo lamente».

Media hora más tarde sintió la primera punzada de remordimiento. Quade. En el club de campo, sacando una bolsa de palos del coche.

Su respuesta inmediata fue pisar el freno. Y se quedó allí, agarrada al volante, con el corazón acelerado, sin dejar de mirarlo. Más bien de comérselo con los ojos. La espalda recta, el pelo brillante, el ceño fruncido.

De repente él se detuvo como si la hubiera visto y el corazón de Chantal se detuvo también. Quade se volvió para mirarla y ella no pudo apartar los ojos. La fuerza de aquellos ojos verdes era hipnótica, imposible de resistir.

El sonido de un claxon la obligó a salir de su ensimismamiento. Nerviosa, quitó el pie del freno y buscó un sitio para aparcar.

Cuando quitó las llaves del contacto vio a Godfrey saludándolo. No era un encuentro casual. Habían quedado para jugar.

Godfrey, Quade y ella.

Evitar una conversación incómoda fue tan fácil como aparentar total concentración en cada golpe. Pero después de cuatro hoyos, Chantal estaba harta de esa táctica. ¿No quería probarse algo a sí misma? Esconderse detrás de las pelotas de golf no era forma de recuperar el respeto. Y no hablar con su vecino, tampoco.

Cuando Godfrey se alejó hacia el siguiente hoyo, se acercó a Quade, intentando sonreír.

–Zane me ha dicho que ya casi has terminado de reparar el MG.

–Casi –dijo él, mirando a lo lejos.

–¿Y el jardín va bien? Julia cree que estará precioso dentro de un par de años.

–Así es.

Dos palabras. Estaba mejorando.

Los dos observaron cómo la pelota de Godfrey volaba por el aire y caía en un banco de arena. Qué simbólico. Su corazón acababa de hacer el mismo arco.

–¿Has decidido qué vas a hacer con la granja? Porque ni siquiera te presenté al presidente de la cooperativa vitivinícola. Iba a hacerlo, en la boda.

Quizá el último intento de entablar conversación había sonado tan frenético como se sentía ella porque, por fin, Quade la miró. Directamente a los ojos. Y parecía cansado. ¿Cansado?

–Fui a ver a Harrier.

–¿Ah, sí?

–Su número está en la guía.

Sí, claro. Pero había sido incapaz de hacer aquella simple deducción. Con Quade mirándola de esa forma, era incapaz de hacer nada.

–Se quejó porque le robé la pareja cuando estaba bailando contigo.

Sus ojos se encontraron entonces. Recuerdos de aquella noche explotaron tan vívidamente como si hubiera sido el día anterior.

–Menos mal que no estaba enfadado.

Cuando se alejó para dar su golpe, Chantal dejó escapar un largo suspiro. Se sentía ligeramente optimista. Solo ligeramente.

Dos hoyos más tarde se encontró de nuevo sola con Quade. La pelota de Godfrey había terminado al otro lado del *green*.

–No sabía que siguieras jugando al golf.

· –Hacía tiempo que no jugaba. Hasta... Godfrey me invita a jugar todos los viernes desde que volví. Pensaba que tendría que pasarme la tarde rechazando ofertas de trabajo, así que le decía que no.

–Hasta el día que me fui a Sidney –murmuró Chantal.

–Sí. Ese día me invité yo mismo. Quería estar contigo –dijo Quade entonces. La sinceridad de esa admisión la dejó sin aliento–. Quería decírtelo cuando volviste a casa. No lo hice y lo he lamentado desde entonces.

Por eso dijo que quería ayudarla... y ella no se había molestado en preguntar.

–Ojalá lo hubiera sabido.

–¿Habría cambiado algo?

–Probablemente, no –dijo Chantal en voz baja–. Supongo que los dos lamentamos lo que pasó ese día. En el calor del momento dije cosas que no quería decir. Especialmente lo de abandonar tu trabajo –añadió. «Y lo de tu compromiso», pero eso no lo dijo en voz alta–. Lo siento, de verdad.

En ese momento sonó su móvil, pero cuando iba a contestar, Quade sujetó su mano.

–No contestes.

–Muy bien.

Él dejó escapar un suspiro de cansancio.

–No dejé mi trabajo. Me despidieron.

Chantal levantó la mirada, perpleja. Hubiera deseado suavizar las arrugas de su frente, besarlo para borrar la herida. Suave como el algodón dulce que Quade decía que era y, sin embargo, fieramente posesiva, hubiera deseado matar dragones por él.

–¿Por qué te despidieron? ¿Eran idiotas?

–Tenían sus razones.

Conteniendo el aliento, Chantal le imploró en silencio que compartiera con ella esas razones. Era fundamental, una señal de que la incluía en su vida. Y cuando creyó que no podría soportar más el suspense, su móvil sonó de nuevo.

–Contesta, Chantal. Puede que sea importante.

–No tan importante como...

No terminó la frase al ver quién la llamaba. Era Zane. Su cuñado solo llevaba el móvil por si le ocurría algo a Julia. Le quedaban unas semanas para el parto, pero...

–¿Es Julia? ¿Qué ha pasado?

Chantal oyó tres palabras: dolor, sangre y hospital, antes de que su corazón se encogiera de pánico.

Capítulo Doce

Una sola mirada a su expresión y Quade la tomó del brazo para llevarla hasta el coche.

En el hospital de Cliffton les dijeron que estaban preparando a Julia para una cesárea y, a pesar de que le aseguraron que estaba fuera de peligro, que era una medida de precaución, que treinta y siete semanas no era demasiado pronto, que el niño estaba siendo controlado... Chantal estaba pálida como una muerta.

–No tienes que quedarte, Quade. Kree llegará de un momento a otro. Y mis padres. Han tomado el avión de las cinco y media.

–No pienso ir a ninguna parte.

Ella no discutió, aunque eso no habría cambiado nada. Iba a quedarse. No quería analizar por qué, solo sabía que iba a quedarse, que no se marcharía mientras estuviera tan asustada. Cuando la vio secarse las lágrimas con un pañuelo de papel, apretó su mano.

–Déjalo. Llora todo lo que quieras.

Durante un rato no dijeron nada y cuando Chantal apretó su mano, como dándole las gracias, sintió una emoción inexplicable.

Quería decir algo, pero le resultaba imposible porque tenía un nudo en la garganta.

–Gracias –murmuró ella. Quade no se molestó en decir «de nada». Estaba claro–. Supongo que no te hace ninguna gracia estar en un hospital.

–A nadie le gusta estar en un hospital.

–Ya, pero no todo el mundo ha tenido que pasar por lo que pasaste tú.

Aquello lo tomó por sorpresa. Como el repentino deseo de contárselo todo, de invitarla a compartir un pasado que solía tener cerrado bajo llave. Que ni siquiera compartió con Kristin... pero ella no estaba interesada en su pasado. Solo en lo que su presente podía hacer por su futuro.

–Debimos visitar a mi madre unas cincuenta veces cuando estaba en Sidney. Estaban sometiéndola a un tratamiento milagroso, decían.

De forma casi imperceptible, Chantal apretó su mano, animándolo, ofreciéndole el mismo apoyo que él le había ofrecido.

–El olor, el ruido de las camillas es lo que más me... asusta. Desata una reacción de pánico en mí.

–Lo entiendo.

Quade sabía que no se refería solo a la muerte de su madre, sino al miedo que tenía por Julia. El miedo de que las cosas no fueran bien. Entonces apretó su mano para darle valor.

Durante aquellas semanas había recordado mil veces sus palabras en el garaje, el día que se alejó de él: «¿No será porque tú no me has contado nada? ¿Porque lo único que querías compartir conmigo era la cama?»

Hasta aquel día había querido creer que tenía la razón porque nunca le prometió nada, porque creyó que no quería nada más.

Pero en cuanto volvió a verla, la verdad lo golpeó como un martillo. Tardó algún tiempo en recuperarse del golpe, tanto como en aceptar la verdad. Quería más. No sabía cuánto, pero todo empezó en el campo de golf, cuando admitió que lo habían despedido.

Después, cuando Zane llamó, cuando tuvo que llevarla al hospital porque no quería separarse de ella, las dudas desaparecieron.

Había compartido algo con Chantal, pero tenían tantas cosas que decirse... Sin embargo, no había prisa. Sentado a su lado, apretando su mano, sentía una extraña paz, como si las piezas de su vida estuvieran reuniéndose por sí mismas.

Aquel no era el momento para contarle toda su historia, pero le ofrecería parte como una señal de cuáles eran sus intenciones. El resto podía esperar.

—Me despidieron porque alguien había filtrado información confidencial —dijo entonces. Antes de que Chantal pudiera protestar, Quade hizo un gesto para que lo dejase terminar—. Era cierto. Fui yo.

—No lo entiendo. ¿Por qué?

—El jefe de Kristin le exigió que consiguiera

esa información. Y yo se la di sin percatarme... en la cama. Ni siquiera sabía lo que estaba pasando –contestó él, con una mueca de disgusto.

–Eso es una traición. Era tu prometida –exclamó Chantal, indignada.

–Pero sobre todo era abogada.

–Y por eso rompiste con ella.

Quade decidió explicarle las circunstancias en otra ocasión. Aquel sitio no era precisamente el más adecuado.

–Sí, y por eso me puse como una fiera contigo.

–Pero yo no soy Kristin.

–Lo sé.

Lo había sabido desde el principio, pero no quiso admitirlo.

–Lo siento –sonrió Chantal con tristeza–. No que rompieras con esa mujer, sino que perdieras el trabajo. Siento que perdieras lo que había sido tu vida.

Por primera vez en mucho tiempo, Quade no sintió amargura.

–En realidad, me hicieron un favor.

–¿Ah, sí?

–En realidad, la carrera de Derecho no me ha gustado nunca. Cuando mi madre murió, cuando mi padre apenas podía cuidar de sí mismo, Godfrey me pagó la universidad y yo tenía que probar que merecía esa confianza. El Derecho parecía la elección más acertada ya que él era abogado. Además, el dinero, el prestigio que lleva consigo esa carrera...

–¿No volverás a practicarlo?

–No –contestó Quade, absolutamente seguro.

–¿Y qué piensas hacer?

–Voy a plantar cepas en la finca. He estado pensando hacer un curso de viticultura.

Sonriendo... cómo había echado de menos esa sonrisa, Chantal levantó la cara.

–El granjero Quade, ¿eh?

–Veremos qué tal me va.

Pero la idea le parecía tan agradable como tenerla a su lado, tan cálida como el efecto de esa sonrisa.

–¡Chantal, por fin! Creí que no llegaba nunca –era Kree, entrando en la sala de espera con cara de susto–. Por favor, dime que no ha pasado nada, que Julia y el niño están bien.

Media hora más tarde llegaron Mitch y los padres de Chantal y antes de que se hubiera aplacado el tumulto de explicaciones, Zane apareció con una bata de hospital y una expresión mareada.

Todos se callaron, expectantes, y Chantal vio lágrimas en los ojos de su cuñado.

–Es una niña. Hemos tenido una niña.

Todos se lanzaron a abrazarlo, sin dejar de hacerle preguntas hasta que por fin Zane levantó una mano para mandarlos callar.

–Tengo que volver con Julia. Solo quería deciros que está bien, que todo está bien.

–¿Podemos verla? ¿Cuándo?

–¿La niña tiene el pelo oscuro como Julia?

–La niña está bien, ¿verdad?

Quade pensó entonces que Chantal ya no lo necesitaba. Su presencia allí era superflua. Los dejaría solos para que saboreasen la alegría del recién nacido, la euforia del momento.

Un nacimiento. Qué contraste con sus experiencias en hospitales. Qué recordatorio de su único y triste recuerdo de Kristin.

Mientras se dirigía al aparcamiento, sintió que sus ojos se llenaban de lágrimas.

Chantal había visto la expresión de Quade. ¿Miedo? No, era otra cosa. Dolor. ¿Estaría recordando a su madre? ¿La muerte de sus familiares?

Parecía perdido en sus pensamientos, su expresión remota. Nunca había deseado tanto llegar a él, consolarlo, pero antes de que pudiera hacerlo, Mitch la estaba abrazando, compartiendo con ella su alegría por haber sido tío.

Y cuando se volvió Quade había desaparecido.

Pero nada podía empañar la alegría de saber que su hermana Julia estaba bien, ni la convicción de que aquella tarde había marcado un giro completo en su relación con Quade.

Relación.

Chantal repitió aquella palabra en silencio. Se había quedado con ella para consolarla, para estar a su lado. Y había compartido un pedazo de su historia.

Con una sonrisa en los labios, se juró a sí

misma que antes de que terminase la noche Cameron Quade y ella compartirían mucho más.

Podría ser telepatía o la absurda confianza de un enamorado, pero Quade sabía que Chantal iría a su casa. No se molestó en hacer la cena ni en encender la televisión y aunque abrió una botella de vino, la dejó sin tocar sobre la mesa mientras paseaba, impaciente.

Habría podido jurar que oía el ruido de un coche en el camino, aunque no estaba seguro. Abrió la puerta antes de que Chantal llamase, pero ella no mostró sorpresa alguna.

—Tenemos que hablar.

Quade lo sabía. Pero para hablar había que usar los labios y en cuanto miró los de Chantal decidió que la charla podía esperar.

Él no.

—Lo haremos —le prometió, cerrando la puerta.

—Sí, pero...

Quade la empujó contra la puerta y apoyó las manos a cada lado de su cara. Entonces sí pareció sorprendida. Mejor. Llevaba casi un mes esperando.

—Más tarde.

No podía esperar más para buscar sus labios, para apretarla contra su corazón como si no quisiera dejarla ir nunca.

Ella respondió de la misma forma, enredando los brazos alrededor de su cuello, dejando que la levantase y enredando las piernas alrededor de su cintura. Perfecto, pero llevaban demasiada ropa. Y la necesidad de poseerla era brutal, desesperada.

Quade intentó desabrochar su camisa y ella lo ayudó. Lo ayudó también a quitarse el cinturón y a bajar la cremallera de los vaqueros para liberarlo con un gesto de triunfo.

Quade dejó escapar un suspiro de gozo al sentir el suave roce de su mano. Y Chantal lo acarició hasta que el deseo lo ensordecía.

Tenía que estar dentro de ella. Inmediatamente. Ayer. Para siempre.

–Un preservativo –murmuró, mientras ella pasaba el dedo por la punta de su erección–. En el bolsillo.

Tenía las manos ocupadas bajándole las braguitas, de modo que fue Chantal quien se lo puso. Quade tuvo que hacer un esfuerzo sobrehumano para contenerse y, por fin, cuando estaba preparado, cuando estuvo dentro de ella ambos dejaron escapar un grito de triunfo.

Cómo la había echado de menos. Sus caricias, sus besos, su piel. No podía dejar de embestirla, de enterrarse en ella. El sonido de sus respiraciones agitadas, de sus jadeos, las palabras que se decían al oído, lo animaban a poseerla del todo.

Debería haber sido deseo, puro deseo físico, pero era mucho más. Cuando la miró a los ojos, a punto de estallar, supo que la amaba con la misma intensidad con que le hacía el amor,

145

como el trueno que retumbó en su cuerpo cuando se liberó.

Tardó unos minutos en recuperarse, en darse cuenta de dónde estaban. De pie, apoyados en la puerta, medio desnudos. Apenas podía sujetarla, agotado, mientras salía de ella. Y entonces Chantal se quedó muy quieta.

Quade miró hacia abajo.

El preservativo se había roto.

Capítulo Trece

Con las rodillas temblorosas, Chantal se sentó al borde de la bañera y enterró la cara entre las manos. Desgraciadamente, eso no borraba el recuerdo de lo que acababa de ocurrir en el pasillo.

Cuando Quade vio que el preservativo se había roto, soltó una palabrota que la hirió en lo más hondo. Ojalá no hubiera visto la angustia en sus ojos, ojalá no hubiera recordado que salió corriendo del hospital porque no le apetecía celebrar la llegada al mundo de una niña.

Quade tenía miedo de las consecuencias, terror ante la idea de estar atado a ella de forma permanente por culpa de un embarazo no deseado.

Qué estúpida había sido. No la quería. ¿Cómo pudo pensar lo contrario?

Aquella noche no habían construido una relación. Lo que había entre ellos solo era química sexual. Deseo físico. Y un hombre que llevaba casi un mes sin hacer el amor. Nada más. Solo había sido sexo crudo, de pie, apoyados en una puerta. Y tenían que enfrentarse con las consecuencias.

Chantal se levantó. Muy bien. Podía decirle

lo que él quería oír. Incluso podría encogerse de hombros, como si no le importara. Podía hacerlo y salir de su casa con la cabeza bien alta. Al menos, lo intentaría.

El salón estaba oscuro en comparación con el cuarto de baño y oscuro también estaba Quade, de pie frente a la chimenea apagada.

Chantal se acercó, intentando contener los latidos frenéticos de su corazón.

–Ahora sí tenemos que hablar. Y ayudaría mucho que no pusieras esa cara.

–¿Crees que debería estar muerto de la risa? ¿Has olvidado lo que acaba de pasar, Chantal? Podrías estar embarazada.

–No creo que tus espermatozoides naden tan deprisa.

–No es hora de hacerse la graciosa. Piénsalo.

–Lo he pensado.

–Supongo que no querrás tener un niño.

Evidentemente, él no quería. Pero, ¿y ella? ¿Le gustaría tener un hijo con Quade? ¿Cómo sería verlo llorar por el nacimiento de su hijo? ¿Quería ser madre?

–No he pensado en ello, la verdad.

–¿Y si estás embarazada?

La miraba con frialdad, como si fuera culpa suya, y eso la puso furiosa.

No quería estar así, no quería discusiones. Él la hacía feliz, la hacía sentir como una mujer, la llenaba de ternura...

–Maldita sea, no tengo por qué estar embarazada. ¿No has oído hablar de la píldora del día siguiente?

Quade levantó la cabeza como si le hubiera dado una bofetada.

–¿Irás mañana al médico?

Sí. No. No sabía qué decir. No sabía qué hacer. Solo quería salir de allí.

–Chantal.

Ella se detuvo cuando llegó a la puerta, pero no se volvió.

–Si cambias de opinión, dímelo.

–¿Y bien? –preguntó Kree, bajando las tijeras–. ¿Qué te parece?

Tina, su ayudante, inspeccionó el corte de pelo.

–Elegante y moderno.

–Eso digo yo –sonrió Kree.

Chantal asintió. Era lo más fácil. Aquel había sido su mantra durante las últimas siete semanas. Lo que fuera más fácil. Lo que le permitiese dormir sin soñar, sin pensar.

–Tengo que irme –murmuró, levantándose.

–Mírala, siempre corriendo de un lado a otro.

–Hablas igual que Julia. Qué horror.

Riendo, Kree le puso un bote en la mano.

–Prueba esta mascarilla. Tienes el pelo muy seco.

Chantal se pasó una mano por el pelo. Había

leído mucho sobre los cambios que provocaba el embarazo, pero la sequedad del pelo debía empezar al cuarto mes.

—Muy bien, gracias.

Mientras pagaba, Tina lanzó un silbido.

—¡Menudo coche! ¿Quién tiene un deportivo rojo en Clifford?

Chantal se volvió, con un nudo en la garganta.

Quade había vuelto. Después de seis semanas haciendo un curso en el viñedo Hunter. O eso había sacado en conclusión por sus conversaciones con Godfrey.

Seis semanas sin verse, sin hablarse, sin ponerse en contacto. No tuvo oportunidad de decirle que su única visita al médico había sido para confirmar el embarazo.

—¿Chantal?

—Ah, sí, perdona.

Nerviosa, tomó la tarjeta de crédito e intentó caminar de forma normal hasta la puerta. Intentó arrancar el coche, intentó concentrarse en lo que hacía.

«Es mejor que Quade haya vuelto. Así podré contárselo por fin y compartirlo con Julia. Podré relajarme y reír y llorar... sin tener que disimular la emoción. Podré decirle a todo el mundo que está creciendo una vida dentro de mí».

Iba buscando el coche de Quade con la mirada y no vio el camión hasta que fue demasiado tarde. Y una décima de segundo antes de chocar, lanzó un grito. De pena, por no poder decirle a Quade lo del niño. Por no poder decirle que lo amaba.

–Sí, ya está a punto. Menudo motor.

Zane golpeó el capó del MG con la mano. Parecía un hombre feliz, satisfecho, y Quade intentó no sentir envidia. Pero la sentía. Y la idea de volver a su casa, a una casa vacía lo llenaba de horror.

–¿Tienes tiempo para tomar una cerveza?

–Sí, claro. Así podré hablarte de Bridie.

«Sí, claro, y también puedes clavarme un puñal en el corazón».

–Sí, bueno, la verdad es que tendría que irme a casa.

–Venga, hombre, estaba de broma –rio Zane–. Podemos hablar de tu niño.

¿Qué estaba diciendo? Quade lo miró, atónito. Pero Zane O'Sullivan estaba acariciando el capó del MG. A eso se refería.

–¡Zane, necesitan el remolque! –gritó su ayudante, asomando la cabeza en el taller–. Un accidente cerca de Harmer. ¿Quieres que vaya yo?

–Sí, gracias. En fin, parece que la cerveza tendrá que esperar. A menos que quieras ir al supermercado a comprar unas cuantas.

–Suena bien –sonrió Quade.

El teléfono sonó antes de que hubieran terminado la primera cerveza. Y la sonrisa de Zane desapareció en el acto.

–¿Qué ocurre? –preguntó Quade.

–Chantal.

El miedo se clavó en su corazón, frío como la hoja de un cuchillo.

–¿Es muy grave?

–Según el otro conductor, no. Pero Bill dice que el coche está destrozado. La han llevado al hospital.

–Tengo que irme...

–Yo conduciré –dijo Zane.

Quade iba a protestar, pero le temblaban las manos.

–De acuerdo. Pero conduce rápido, por favor.

Chantal oyó voces y gritos cinco segundos antes de que Quade entrase como una tromba en la sala de urgencias. Y entonces se quedó mirándola de arriba abajo, como si quisiera comprobar que estaba entera.

–Muy bien, ya la ha visto. ¿Quiere esperar fuera, por favor?

–No pienso irme a ninguna parte.

Chantal hubiera querido sonreír, decir que estaba bien, que no quería separarse de él nunca más, pero no podía hablar.

–¿Qué está haciendo aquí? ¿Dónde está el médico? –exclamó Quade.

–El doctor Lui la ha examinado ya. Está en observación –contestó la enfermera.

–¿Por qué?

–Porque se ha dado un golpe en la cabeza. Ella está bien y el niño está bien. Dentro de un par de horas, podrá llevársela a casa.

La puerta se cerró tras la enfermera y Chantal cerró los ojos. No quería ver su cara. No quería ver una expresión de furia.

Apretó con tal fuerza los ojos, se concentró tanto en no verlo salir de la habitación que no lo oyó acercarse, no supo que se había inclinado para secarle las lágrimas con manos temblorosas.

–Gracias a Dios estás bien. Cuando me dijeron lo del accidente...

Chantal abrió los ojos entonces. En los de Quade había un brillo de lágrimas. Lágrimas por ella, por miedo a perderla. Tenía que explicárselo, tenía que contárselo todo.

–Tengo que decirte...

–Vi tu coche y...

Los dos empezaron a hablar al mismo tiempo, los dos se detuvieron a la vez.

–No había tenido tanto miedo en toda mi vida –dijo Quade.

–Yo también. Dicen que el air bag impidió que... –Chantal no terminó la frase–. Pensé que no tendría oportunidad de decírtelo.

–¿Lo del niño?

–Sí. Iba a decírtelo hoy. Oí que habías vuelto y...

–¿Fuiste al médico esa mañana?

–No.

–¿Tenías mucho que hacer?

153

Chantal negó con la cabeza.

–No quise ir.

Quade apretó su mano.

–Chantal...

–Sé que tú no quieres saber nada, pero...

–¿Qué dices?

Ella lo miró, sorprendida.

–¿Por qué crees que no quiero saber nada del niño?

–Porque el día que Bridie nació saliste corriendo del hospital.

–¿Piensas que siento aversión por los niños?

–¿Qué iba a pensar?

–¿Y por eso reaccionaste así cuando ocurrió lo del preservativo? ¿Estabas diciendo lo que creías que yo quería oír?

Chantal asintió y Quade tuvo que contener una carcajada.

–Cuántos malentendidos. Cuando vi a Zane, cuando vi la ilusión en sus ojos... No hay nada que desee más que tener hijos. Un hogar lleno de ellos, un hogar feliz, como cuando era pequeño. Cuando supe lo que Kristin había hecho, cuando me enteré de que no había tenido elección sobre ese niño...

–¿Kristin estaba embarazada?

–Sí, pero yo no lo sabía. Ni siquiera me lo dijo. Sencillamente se libró de él como si hubiera ido a sacarse una muela.

Chantal lo miró, incrédula.

–¿Qué?

–Me enteré después de que me despidieran.

Cuando le pedí explicaciones, ella me contó también lo del niño. Como un regalo de despedida.

–¿Sigues enamorado de Kristin? –preguntó Chantal entonces. Pero en cuanto lo dijo se arrepintió–. Olvídalo. No contestes.

–No estoy enamorado de ella. No sé si lo estuve alguna vez –dijo Quade, besando su mano–. Nunca sentí por ella lo que siento por ti.

Buena respuesta. No, estupenda respuesta.

–¿Y qué sientes? –preguntó Chantal con voz ronca.

–Que no quiero dejarte nunca. Que no puedo vivir sin ti. Quiero que seas mi amiga, mi amante, mi mujer –murmuró él–. Te quiero, Chantal. Sé que este no es el sitio más romántico del mundo, pero...

A ella le parecía un sitio estupendo. Especialmente, cuando se puso de rodillas.

–¿Quieres casarte conmigo?

Chantal volvió a atragantarse con las lágrimas, de modo que solo pudo asentir con la cabeza.

–Sí –consiguió decir por fin–. Sí, sí, sí.

Y cuando él la besó suavemente en los labios, pensó que su corazón iba a estallar de alegría.

–¿Quieres llevarme a casa?

–Voy a ver si me dejan –rio Quade.

–Espera –dijo Chantal entonces–. Vuelve aquí.

–Mandona. Debes encontrarte mucho mejor, ¿no?

–Tus besos hacen que me sienta mejor.

–¿Tengo poderes curativos?

–Aparentemente –sonrió ella, mirando al hombre que amaba, al padre de su hijo–. Hay algo que no te he contado.

–No sé si podré aguantar otra sorpresa.

–Creo que esta sí. Te quiero, Cameron Quade. Te quiero con toda mi alma. No deseo nada más que ser tu mujer y llenar tu casa de hijos.

Quade apartó un poco la cara y Chantal creyó ver un brillo de lágrimas en sus ojos.

–¿Todos serán tan mandones como tú?

–Seguramente.

–Me alegro –dijo él, acariciando su pelo–. No me gustaría que fuese de otra forma.

Deseo®…
Donde Vive la Pasión

¡Los títulos de Harlequin Deseo® te harán vibrar!

¡Pídelos ya! Y recibe un descuento especial
por la orden de dos o más títulos

HD#35327	UN PEQUEÑO SECRETO	$3.50 ☐
HD#35329	CUESTIÓN DE SUERTE	$3.50 ☐
HD#35331	AMAR A ESCONDIDAS	$3.50 ☐
HD#35334	CUATRO HOMBRES Y UNA DAMA	$3.50 ☐
HD#35336	UN PLAN PERFECTO	$3.50 ☐

(cantidades disponibles limitadas en algunos títulos)
CANTIDAD TOTAL $ _____

DESCUENTO: 10% PARA 2 Ó MÁS TÍTULOS $ _____
GASTOS DE CORREOS Y MANIPULACIÓN $ _____
(1$ por 1 libro, 50 centavos por cada libro adicional)

IMPUESTOS* $ _____

TOTAL A PAGAR $ _____
(Cheque o money order—rogamos no enviar dinero en efectivo)

Para hacer el pedido, rellene y envíe este impreso con su nombre, dirección
y zip code junto con un cheque o money order por el importe total arriba
mencionado, a nombre de Harlequin Deseo, 3010 Walden Avenue, P.O. Box
9077, Buffalo, NY 14269-9047.

Nombre: _____

Dirección: _____ Ciudad: _____

Estado: _____ Zip Code: _____

Nº de cuenta (si fuera necesario):_____

*Los residentes en Nueva York deben añadir los impuestos locales.

Harlequin Deseo®

CBDES3

Deseo®

DOS AMANTES Y UN AMOR

Emily McKay

La estrella de la radio Tabitha Talbot no esperaba que la abandonaran... y la dejaran embarazada. Y encima tenía que trabajar junto a Sam Stevens, un sexy soltero empedernido que no era de gran ayuda para sus enloquecidas hormonas.

Sam Stevens no podía ni creer lo que le estaba sucediendo; de pronto estaba discutiendo con Tabitha y al minuto siguiente estaba haciéndole el amor de manera apasionada. Pero lo que más le sorprendía era que deseaba seguir allí con ella... para siempre. Ahora solo tenía que convencerla, y sabía cómo hacerlo...

¿De quién era el bebé que estaba esperando?

BIANCA®

Su amor sería para siempre

Payton había tenido un apasionado romance con Marco D'Angelo, pero cuando su matrimonio se vino abajo después de muy poco tiempo, decidió marcharse con sus dos hijas para no regresar jamás.

Dos años después, Payton estaba de vuelta en Italia; había llegado el momento de que las niñas conocieran a su padre. Pero sus planes no incluían quedarse en Italia, ni permitir que aquel hombre tan sofisticado y seductor se acercara demasiado a ella. Con lo que no contaba era con que sus sentimientos por Marco despertaran nada más volver a verlo y la obligaran a admitir que seguía muriéndose de deseo por él...

TODOS LOS DÍAS DE MI VIDA

Jane Porter